सिफ़रनामा

सिफ़रनामा

अनिल जीनगर

MANJUL
मंजुल पब्लिशिंग हाउस

MANJUL
मंजुल पब्लिशिंग हाउस
कॉरपोरेट एवं संपादकीय कार्यालय
• द्वितीय तल, उषा प्रीत कॉम्प्लेक्स, 42 मालवीय नगर, भोपाल-462 003
विक्रय एवं विपणन कार्यालय
• सी-16, सेक्टर 3, नोएडा, उत्तर प्रदेश, 201301
वेबसाइट : www.manjulindia.com
वितरण केन्द्र
अहमदाबाद, बेंगलुरू, कोच्चि, कोलकाता, चेन्नई,
हैदराबाद, मुम्बई, नई दिल्ली, पुणे

सिफ़रनामा

यह संस्करण 2025 में मंजुल पब्लिशिंग हाउस प्राइवेट लिमिटेड द्वारा प्रकाशित

यह हिन्दी संस्करण 2025 में पहली बार प्रकाशित
द्वितीय आवृत्ति 2025

ISBN 978-93-5543-375-6

Cover Design: Akhtar Hussain

मुद्रण व जिल्दसाज़ी : मणीपाल टेक्नोलॉजीज़ लिमिटेड, मणीपाल

मम्मी के लिए... जिनके लिए अभी तक कोई कविता लिख नहीं पाया
वो मेरे लिखे से कहीं ज़्यादा जी के जा चुकी हैं।

"झुर्रियाँ उम्र से नहीं आतीं
ये बस आ जाती हैं
जब कोई उम्मीद मरती है!"

नई आवाज़ों के बाद, जो गूँज लौट कर आई, वो अनिल जीनगर की कविता ले कर आई। नई इमेजरी के साथ। उसके दर्द भी नये लगे। वो सब उसके अपने वजूद तक मेहदूद नहीं हैं! वो वक़्त और समाज की बात करता है और B.C. सालों से ले कर, कल की कही कविता तक!

"मैं नक्षत्रों से मुक्त हूँ
मेरे सितारों की चाल शून्य है
मैं अपने गर्भ में ठहर गई हूँ!"

"वो आख़िरी बूँद गिरी थी न जब
तब से थम गया है सब
ब्रह्माण्ड का विचार 'शून्य' हो गया है!"

उसे ख़ुद को मिटाने का बहुत शौक़ है। बार बार सौ तक गिनता है, और फिर 'सिफ़र' हो जाता है। काईनात की बात करता है, और कहता है !

"इस का केंद्र क्यों गुम है?
या मैं 'सिफ़र' हो गया हूँ!
या मैं 'शून्य' हो गया हूँ!"

–गुलज़ार

कविता की ओर से

'सिफ़रनामा' – ये एक सफ़र है, मेरे होने से मेरे न होने तक का।
मैं हूँ और मैं नहीं भी हूँ।
मैं मिला भी हूँ और मैं खोया हुआ भी हूँ।
ये मेरी तलाश कुछ पाने की नहीं, सिर्फ़ ख़ुद को खो देने की है।
ये कविताएँ, ये नज़्में किसी एक कैनवास में बँधी हुई नहीं हैं – ये आज़ाद हैं, ये साँस लेती हुई हैं।
ये और साँस लेंगी, जब ये आप तक पहुँचेंगी, आपके ज़ेहन को छुएँगी और आप में जज़्ब हो जाएँगी।
फिर मेरा कुछ नहीं रहेगा।
मेरा होना वैसे भी कोई मायने नहीं रखता।
क्योंकि 'न होना' ही तो 'सिफ़र' तक की यात्रा है।

इन कविताओं में आपको जीवन के सारे रंग देने भर की कोशिश है।
कुछ मेरे अनुभव हैं और कुछ जो मैंने दूसरों से चुराए हैं।
किसी दूसरे के पैरों में अपने पाँव डालकर चलना, उसका दर्द महसूस करना – ये भी तो इस यात्रा का हिस्सा रहा है।
ये कविताएँ जो मैं सालों से लिखता रहा हूँ, समय-समय पर उन्हें ख़ुद से दूर करता रहा हूँ – जैसा मैं प्रेम के साथ करता हूँ।

अकेलेपन की अपनी ही प्यास है, और इस प्यास के बीच कभी-कभी मैं ख़ुद भी आ जाता हूँ।
मेरे और अकेलेपन के दरमियान कई बार मैं ख़ुद ही लगता हूँ।
ये कविताएँ उसी एकांत से जन्मी हैं, जिस पल मैं भी गुम हो गया था।
ये मेरे ज़रिये उतरी हैं – ये मैंने लिखी या नहीं, पता नहीं।
ये बस उतरी हैं – जैसे बादलों से बारिश गिरती है, ये भी वैसे ही गिरी हैं मुझ पर।
मैं भी आपकी ही तरह इनका पहली बार पाठक बना था।
मैंने इन्हें जी लिया था, जब ये लिखी गईं थीं।
मैंने उस शून्य को छुआ था, जहाँ से ये सारा खेल शुरू हुआ है।

ये रुकी हुई थी – डायरी के पीले पड़ गए पन्नों पर, कुछ फेसबुक पर 'Only Me' में ख़ामोशी से रखी हुईं, कुछ नोट्स में दबी हुईं।
ये नज़्में मुझसे निकाली गई हैं – और जो इनके पीछे हैं, वो हैं गुलज़ार साहब।
''अपनी सौ कविताएँ मुझे भेजना।'' – ये आदेश था उनका।
मैंने उन्हें भेजीं और कुछ कविताएँ बोस्कियाना में जाकर उन्हें सुनाईं।
ये मेरी इन सारी कविताओं से दूसरी मुलाक़ात थी – मैं तो कब का इन्हें भूल चुका था।

पढ़ने पर कभी-कभी लगा – क्या ये सच में मैंने लिखी हैं?
ये मेरी ख़ुद से दूसरी मुलाक़ात थी – पुराने प्रेम, पुरानी यादों से फिर से मुलाक़ात।
इसलिए मैं गुलज़ार साहब को तहेदिल से शुक्रिया कहना चाहता हूँ।
अगर वो न कहते तो शायद मैं कभी इसे छपवाता नहीं।

अब ये सारी कविताएँ उतनी ही मेरी होंगी, जितनी आप इन्हें महसूस करेंगे।

कुछ कविताएँ इनमें से आरुषि की हैं –
आरुषि, जहाँ मैंने ज़िंदगी को महसूस करना सीखा,
बिना वजह के मुस्कुराना सीखा,
प्रेम की गहराई को समझा।

आरुषि, भोपाल की एक संस्था है, जो विकलांग बच्चों के लिए काम करती है।
इन बच्चों ने मुझे बहुत दिया है – इतना कि जिन्हें मैं शब्दों में समेट ही नहीं सकता।
कभी आपका भोपाल आना हो तो, अरुषि ज़रूर आना।
तब आप उन कविताओं को महसूस कर पाएँगे।

कुछ कविताएँ मैं लिख नहीं पाया – उनमें से एक अपनी माँ के लिए।
जिन्हें मैं आख़िरी बार देख भी नहीं पाया था।
कोशिश बहुत की, लेकिन वो अहसास अभी शायद और वक़्त माँग रहा है।
या शायद मैं अब तक उनका जाना स्वीकार नहीं कर पाया।
लेकिन जब ये पूरा सफ़र 'सिफ़र' तक जाने का है –
तो मुझे इसे भी स्वीकार तो करना होगा।

मैं अक्सर कहते–कहते भटक जाता हूँ...
मैं इस किताब के लिए उन सभी दोस्तों का शुक्रिया कहना चाहता हूँ –
जो इस सफ़र में मेरे साथ रहे।
अनिल मुद्गल जी, विवेक सिंह, प्रार्थना, पापा दुर्गा शंकर गहलोत, सत्तू भैया –
और बहुत से लोग हैं, जो मुझे नेमत की तरह मिले हैं। हाँ उनमें से एक है
अख्तर हुसैन भाई जिन्होंने इसका ख़ूबसूरत कवर बनाया है।
उन सभी का शुक्रिया, जो गुमशुदा से हर नज़्म का हिस्सा है, उन सभी का शुक्रिया।
अब मैं ये *'सिफ़रनामा'* आप सबके नाम करता हूँ।

–अनिल जीनगर

अनुक्रम

सिफ़रनामा

1. भटकी हुई नज़्म

ये कैसी आवाज़ दे रहे हो
ये आवाज़ जब भी मुझ तक आती है
मेरी साँसों के तारों को छूकर
बदन से मेरी रूह में उतरकर
जो सुर कभी जन्मे नहीं थे
ख़्यालों में सूफ़ियों के जो गुम थे

वो कोंपलों की तरह मुझसे उगने लगे हैं
इबादत के दौरे अब पड़ने लगे हैं
सज़दे में हूँ, मुझे मुझसे बचाओ
ज़रा ख़ामोशी पहन लो, गले तो लगाओ

मगर जानता हूँ, ये होगा न तुमसे
न आओगे तुम, न चुप ही रहोगे
एक इलेक्ट्रॉन सा मैं, दायरे में तुम्हारे
बस घूमता रहूँगा, घूमता रहूँगा

तुम्हारी ग्रैविटी से खुलता नहीं हूँ
और मरकज़ में अपने गिरता नहीं हूँ
ये कैसी रिहाई, ये क़ैद है कैसी
आईने में दिखती है अपनी शक्ल तेरे जैसी
तू है या मेरा भरम है, बता दे...
ज़रा अपनी आवाज़ से पर्दा हटा दे...

अब मेरी इबादत बढ़ते-बढ़ते
ख़ुदा से आगे निकल गई है
ख़ुदा कभी जो मिल भी गया तो
तलाश मेरी ख़त्म न होगी
ये मेरी भटकन न जाने कैसे
बिग बैंग से आगे ही बढ़ गई है
समय से पहले, जो हुआ नहीं था
वो सामने मैं सब देखता हूँ

जो गुज़रा है 138 अरब सालों में
वो सब एक पल में सिमट गया है
ग़ाज़ा में मरे हों या यूक्रेन में मरे हों
भले वो बच्चे इज़रायल में मरे हों
वो तमाम बम जो उनके सिर पर गिरे थे
वो बम तो आगे भी गिरेंगे
मगर मुल्क़ थोड़े बदलते रहेंगे
मगर बम गिरेंगे, मगर बम गिरेंगे

वो एक पल जिसमें जाके वो अरबों साल सिमट गए थे
वो उन बच्चों की आँखों के
लहू के क़तरों में जाकर रुक गया है
ये ज़हन अब मेरा भटक गया है

ये नज़्म कहाँ से शुरू हुई थी
ये कहाँ पर आकर अटक गई है?
ये नज़्म मेरी अब भटक गई है
ये नज़्म मेरी अब भटक गई है।

2. समय से पहले

मैं तेरी कल्पना का सच हूँ
मुझे छूकर तो देख
मेरे माथे पे तूने ही तो
कविता का टीका लगाया है

मैं वेदों से मुक्त ऋचा हूँ
मैं वो आयत हूँ
जिसने कुरआन को ठुकरा दिया
मैं तेरी कल्पना का सच हूँ
मुझे छूकर तो देख

मैं नक्षत्रों से मुक्त हूँ,
मेरे सितारों की चाल शून्य है
मैं अपने गर्भ में ठहर गई हूँ

मैंने पाँच तत्वों में से
चार तत्व त्याग दिए
मैं सूक्ष्म काया हो गई
और तेरे सिरहाने बैठी हूँ

मैं तेरी कल्पना का सच हूँ
मुझे छूकर देख
तूने ही तो मेरे माथे पर
कविता का टीका लगाया है।

3. खंडहर

वक़्त को लगता है
खंडहर पसंद हैं
पहले तबाह करता है ख़ुद को
फिर गिनवाता है सदियाँ
हाँ, जीसस से दो सदी पहले बना था
हाँ, ये पाँचवीं ईस्वी में टूटा था

बनाता है सभ्यताएँ
और मिटा देता है फिर से
इसे ख़ुद को दोहराने में
मज़ा आता है शायद

हम तो कभी इसकी क़ैद में न रहे
देखो, सदियाँ गुज़र गई हैं
हम खंडहर थोड़े हुए हैं

हम तो लहरें हैं
नदी पे बहती हुई
हम किनारों पर बसी
सभ्यताएँ तो नहीं
जो उसके इशारे पे बने
उसके इशारे पे मिटें।

4. भाप

मैं तेरे ख़्वाब से लिपटकर
रात की काली सड़क को
पार करती हूँ
और कई दफ़ा उन सड़कों पे
मिली हैं गहरी खाइयाँ मुझको
कभी-कभी तेरी आवाज़ उनसे आती है
और मैं कूद जाना चाहती हूँ उसमें

एक रात
उस काली सड़क का अंत आ गया
हर ओर से तेरी आवाज़ें उगने लगीं
अंत शायद ऐसे ही होना था
मैंने तेरी आवाज़ लपेटी
और सूरज पे कूद गई

लेकिन मैंने देखी
अंत के बाद की शुरुआत।
हम दोनों भाप बन
उड़ रहे थे।

5. ख़ौफ़

मेरा चेहरा कोई नहीं है
मैं टूटी हुई आहट हूँ
जो अकसर रह जाती है अधूरी
मैं सोहनी, मैं साहिबा, मैं ही हीर
मैं हर बार बिछड़ी
पर मुझसे इश्क़ नहीं बिछड़ा

मैं समय की खुरचन हूँ शायद
जो दुनिया की कड़ाही के पैंदे पर
रह जाती है जली हुई
मुझे खाया नहीं जाता
पर वो भूल जाते हैं
आग का सबसे ज़्यादा हिस्सा
मैंने ही चखा था।

तुम्हारी चौखट से
माहीवाल, मिर्ज़ा और राँझे भूखे उठे हैं
मुझे तुम तक़सीम ही नहीं कर पाए

सच में मेरा चेहरा कोई नहीं
मैं तुम सब में अब भी जल रही हूँ
और जलती रहूँगी
अपना चेहरा देखना
मैं तुम्हारी हर बग़ावत में साँस ले रही हूँ
मैं तुम्हारा ही चेहरा हूँ
मैं ख़ौफ़ हूँ तुम्हारा।

6. मुक़ाम

इक काग़ज़ की कोख में कुचली हुई नज़्म
तकिए से निकलती हुई रुई
आधा पानी से भरे गिलास सा जीवन-
ऊब सी रहती है
दिन एक जैसा ही गुज़रता है, जब
वक़्त गलने लगता है,
बदन उतरने लगता है

तुम छू लो तो
इस रुई के ढेर में
आग लग जाए
ख़ाक को अपना मुक़ाम मिल जाए।

7. सुकून

इक सिमटा सुनहरा मुड़ा सा पन्ना
मेरे जीवन की किताब का
जब कभी खोलता हूँ
तुमसे ही मिल जाता हूँ
शाख़ कब तक पत्तों से दूर रहती है
पेड़ मिट्टी से जुड़ा ही रहता है
तुमसे ऐसे ही जुड़ा हूँ जाना

उथली नींदों में
तेरी ख़्वाब की कश्ती ले कर
मैं गहराई में उतर जाता हूँ
तुम्हारी कोख़ की गहराई में
छुप जाता हूँ
सो जाता हूँ।

8. ज़रूरत

ये मेरी नज़्मों से
तुम्हारी सूरत नहीं बनती
भूख काँपती रहती है बीच में कहीं
जब चाँद पूरा होता है
बहुत तलाशता हूँ तुम्हें उसमें
पर तुम नहीं दिखती

रौशनी टपकती रहती है
उनके हैवानी दाँतों से
ये रस्ता वो दिखाती है
जहाँ से चबा सके सबको

हादसों के बीज पक रहे हैं
ख़ाक से उलझे हुए कुछ लोग
आ फँसते हैं नज़्म में मेरी
मैं उनका आशिक़ तो नहीं हूँ
जितना तुम्हारा हूँ

मगर ये दर्द
तो उनमें भी
अपने जैसा है
चलो उनको सुकूँ दे दे

फिर कभी चाँद में उभारूंगा
शक्ल तुम्हारी जाना
चाँद को अभी बस पक के गिर जाने देते हैं।

9. *बेचैनी*

इन बंद दीवारों से
उठते है सीलन के भभके
जैसे जलते तंदूर में
फेंक दें पानी की बूँदें

रूह की बेचैनी
ऐसी ही तो होती है।

10. इबादत

तुम्हारे नाम से
इबादत हो गई है बस
तुम्हें छू लूँ
तुम्हें जी लूँ
तुम्हें भरकर बाँहों में
आसमान क़ैद ही कर लूँ
तुम्हारें होंठ पे
होंठ रखकर मैं
कुरान की सारी आयतें
बीज़ दूँ तुम में

मेरे बदन को बाँसुरी की तरह
फूँकती रहना बस
फिर बन जाना मीरा भी तुम
और कृष्ण भी तुम
मैं बाँसुरी रहना चाहता हूँ,
तुम्हारे साथ मिट्टी सा
लिपटना चाहता हूँ बस

तुम्हारा नाम
जुबां से चूमता हूँ जब
एक लौ लग जाती है
आँखें मीचकर मैं
निहारा करता हूँ तुमको
इश्क़ की तासीर है शायद ये
इबादत हो ही जाती है।

11. आरुषि

इक मुट्ठी चाँद मेरा
इक मुट्ठी धूप हूँ मैं
बाक़ी सब तुम्हारा ही है
इक मुट्ठी छाँव हूँ मैं
सपनों का इक गाँव हूँ मैं

शब्दों की बोली नहीं हूँ
पर धरती का इतिहास हूँ मैं
न किताबों में बँधी हूँ
न किनारों पे पड़ी हूँ

हर कदम पर लड़ती पवन से
नन्हीं सी मँझधार हूँ मैं

सवाल हूँ मैं
जवाब हूँ मैं
जो लिखा नहीं कहीं भी
वो ही बस इतिहास हूँ मैं।

12. शनि

कुछ नहीं है वहाँ
अरे आगे न जाओ तुम
शनि कब से कमर में रिंग घुमा रहा है
बहुत बाज़ीगर समझता है खुद को
मगर ये सोचता हूँ मैं
कमर में क्या उसके बल नहीं पड़ता
मैं इसलिए मना कर रहा हूँ तुमसे
उस ओर जाने से
सुना है अगर पास से गुज़रो तो
वो साढ़े सात सालों रिंग में घुमाता है
उसकी कमर में बल तो नहीं पड़ेगा
मगर अपने सारे बल तो खुल ही जायेंगे

और तुम कहती हो तुम्हें वो रिंग चाहिए
भला बच्चे से कोई खिलौने छीनता है क्या?
वो थक के जब बैठ जायेगा
तो वो रिंग दे जायेगा तुमको
थकने लगा है वो
कल रात शनि ने मेरी राशि में आकर कहा था।

13. शनि 2

Saturn ने जो ये कंगन पहना है न
तुम्हारी कलाई के लिये रखा है कबसे
चूड़ियाँ अपना आकार न खोये
उसे फँसा कर रखते हैं न
लकड़ी के गोल से साँचे में

वो लाख का कंगन है
ठण्ड लगे तो तड़क जाता है
गर्म जो हो तो फ़ैल जाता है
उसे पहन लेना अबकी बार जो गुज़रो वहाँ से
Saturn अंगड़ाई लेना चाह रहा है।

14. ख़ाक़

नहीं रहने दो मुझे यूँही
तुम्हारी साँस की कुछ कतरनें मिल जाये
छितरी छितरी ही सही
पर मिल जाये
जैसे मिल गई थी
जीज़स को सलीब पे राहत
जैसे मीरा को मिल गई थी वो मूरत
जैसे सुकरात को मिल गया था
ज़हर का प्याला

मुझे भी उसी तरह से मिल जाने दो न
ज़रा सी तुम्हारी साँस की तपिश मिल जाए
बहुत सर्दी है बदन में

जल के ख़ाक होना चाहता है।

15. समय

तुम्हें दिख जाएंगे, उन आलों में
बुझे से सब्ज़ सब लम्हें
उन्हें छू कर गुज़रना तुम
उनसे हो कर गुज़रना तुम
वो पलकों पे लिखेंगे
कुछ अनछुये लम्हें
पलकें जब भींच लोगे तो
वो सबकुछ दिखायेंगे।

सदियों से वहाँ पर क़ैद है
सदियाँ कितनी
तुम्हें बस राम बनना है
अहिल्या मुक्त हो जाये
समय को श्राप से मुक्ति मिले
जो मुझसे जुड़ा है।

16. काश

काश मैं जी पाता नज़्में
काश मैं कह पाता उसे
तुम्हें हर नज़्म में अपनी
महफ़ूज़ कर रखा है
काश मैं छू पाता
उसके ख़्वाब
और सच से लपेट कर
भर देता उसकी आँखों में
मैं लपेट देता उसे शॉल से बादल की
तितलियों के पंख सी रंग देता पलकें उसकी
और उसके होठों पर
वो चमक रहती
जो पिघलते हुए सूरज में होती है

काश उसके दर्द को जी पाता मैं

काश मैं वो सब कर पाता
जो मैं नज़्मों में करता हूँ।

17. राख़

तुम्हें मालूम है कुछ
छिपते फिर रहे हैं आज़ाद परिन्दे
आसमान को उनकी उड़ान पसंद नहीं।

सितारे टूटते हैं जब
कोई न कोई शिकार होता है
फ़लक अपनी रियासत में ज़िन्दगी बर्दाश्त नहीं करता
उसे बस चाहिये धूल, कंकर, पत्थरों के पिंड
उसे राख़ चाहिये, साँस लेती हुई शह नहीं।

उसे मालूम है शायद
राख़ उम्मीद नहीं रखती
सपने नहीं देखती।

18. शूद्र

हाँ मैं शूद्र हूँ
मैं वही शूद्र हूँ
जिसे दूर रखा गया मंदिरों से
ज्ञान से, पुराणों से
तुम्हारे धर्मग्रंथो से
कुओं से
हमारी परछाई भर से
धर्म भ्रष्ट हुआ करता था तुम्हारा
हाँ, मैं वही शूद्र हूँ।

अब मैं जान गया हूँ सब
तो नकार रहा हूँ
तुम्हारे सारे धर्मग्रन्थ
तुम्हारे सारे वेद
तुम्हारा सारा ज्ञान
तुम्हारे सारे देवता
उनके सारे चमत्कार
नकार रहा हूँ
तुम्हारा पाखंड
तुम्हारे सारे संस्कार
तुम्हारा धर्म भी।

मैं मानव हूँ
और जानता हूँ आजकल
मानवता शूद्र है
इसलिये मैं गर्व से कहता हूँ
मैं शूद्र हूँ।

19. हक़

आज किवाड़ टूट जाएंगे
दहलीज़ के बाहर
जब रखूँगी कदम
सदियाँ गुर्राएंगी
डराएँगी
मैंने साँकल तोड़ी है
सभ्यताओं की

तुम सच कहो
ख़ुश तो नहीं हो न
ये मुस्कान
तुम्हारी हार तो नहीं है

मैं तुम्हें हराने के लिए नहीं
ख़ुद को जीतने आई हूँ बस

तुम क्यों हारा महसूस कर रहे हो
मैं जीता महसूस नहीं कर रही

मैं महसूस कर रही हूँ
सिर्फ़ आज़ादी।

20. विस्तार

वो परिंदा
जिसने रूह की गर्मी महसूस की हो
वो कहाँ रुक पाता शाख़ पर
बदलता रहता है हर पल
चुका कर क़र्ज़ अपना वो
उड़ा देता है ये जिस्म
जैसे किसी और का ये हो

शाख़ से टूटकर परिंदा
पूरा आकाश ही हो जाता है।

21. पार

इस रात को कैसे पार करूँ?
घुप्प अँधेरा है आँखों में
सपनों को रास्ता दिखता नहीं
दीवारों से टकराते हैं पहले
फिर चमकते हैं जुगनूँ जैसे
और मर भी जाते हैं।
इस रात को कैसे पार करूँ?

रिश्तों की किश्तें देते देते
रूह ये गिरवी रख दी है
साँस जो मर्ज़ी से ले लूँ तो
घाव रूह पे लग जाता है।

तेरी फूँक जब मिल जाती थी
थोड़ा सुकूँ आ जाता था
पर यहाँ तो सदियों की बाड़ लगी है
कूद के जाने की कितनी नाकाम सी कोशिश की है
हर दफ़ा लौटा हूँ मैं ज़ख़्मी होकर

आज की रात चाँद का कफ़न ओढ़कर
जिस्म ये छोड़ दिया है

बस इस रात को ऐसे पार किया है...

22. ब्रह्माण्ड

इस घर के किसी कोने में
पूरा इक ब्रह्माण्ड छिपा है
तलाश रहा हूँ
पर वो नहीं मिलता है

गुस्से में आकर बस नाखूनों से
नोचता हूँ दीवारें
कुछ ख़ास नहीं मिलता
लेकिन कुछ वक़्त का चूना
फँस जाता है।

अँधरे में कोई जुगनूँ
मुझे राह दिखाता है
मैं बुझता रहता हूँ बस
कभी माँ की चप्पल हाथ लगी है
कभी बाप का चश्मा मिल जाता है
रोज़ नया कुछ सिल जाता है
होता तो जो पुराना है।

बेटी की मेरी गुड़ियाँ मिली है
माँ के बक्से के नीचे से
उफ़, कितनी प्यारी तलाश थी ये

दीवारों को नोच नोच के
जो पल नाखून में फँसे थे
वो सब नाचने लगते है
और अँधेरा कमरा मेरा
भर जाता है सितारों से

तुम भी तलाशो घर में तुम्हारे
तुम्हारा अपना ब्रह्माण्ड छुपा है।

23. सृजन

जी करता है तोड़ दूँ सारे बंधन
चाँद को मसल दूँ, करवटों से
खोल दूँ शनि के बदन से रस्सी
ख़ुद को हर राशि से मुक्त कर
बन जाऊँ मिट्टी
और बीज को अंकुर बनने में मदद दूँ
सृजन करूँ
जीवन के गूढ़ रहस्य का...

24. *Confession*

नहीं हकीक़त नहीं थी वो
बस इक ख्याल ही तो था
मेरी नज़्म की उंगली पकड़ कर मत चलो
झूठ है सब, सब कोरी कल्पनायें हैं
ये सच से डरती है
तभी तो उगाती रहती हैं, वो फसलें
जो कभी उग नहीं सकती।

आँसू खारे ही मिलेंगे
मैं भले उन्हें मीठा लिख दूँ
दर्द तकलीफ़ देगा हमेशा
मैं भले उसे सुकून कह दूँ।

मैं मानता हूँ
मेरी नज़्में, मुझसे ज़्यादा झूठी हैं
पर अपनी उम्मीद के लिए लिखता हूँ
तुम्हारे दर्द का कोई हिस्सा नहीं है इसमें
झूठे इक सच की तलाश में हूँ
मेरी उंगली पकड़ के मत चलो तुम
मेरी उम्मीद सच से भयानक है।

25. सवाल

सवाल उलझे हुए वैसे ही
जैसे पहले थे
'मैं' आया और 'मैं' गया
बीच में रहा था 'मैं'
इस बीच के अंतराल में भी
कितना बदल रहा था 'मैं'
लम्हां दर लम्हां, बेहिसाब।

फिर उस बदलाव के बाद
कहीं ठहर कर देखता हूँ जब
ये पूरी सभ्यता ही एक जैसी है
हर इंसान एक जैसा है।

जिस्म को छील कर उतारो तो
हक़ीक़त सब की इक जैसी लगती है
पर ये सभ्यता अभी उसी सवाल में उलझी है
जो निर्माण के पहले ही तय था
जो विनाश के बाद भी रहेगा।

26. उगो

फूँक दो ये सब
ये स्वप्न, ये आशायें
ये झोपड़ियाँ, ये पेड़
ये पहाड़
सुखा दो ये इतराती नदी
मिटा दो सब जो उगता है
ज़मीन से, कोख़ से

बन जाओ बस लाशें
क़ब्र में दफ़न करो,
या चिता सी बना लो
जिस्म की ठण्डी ग़ार से
उठने दो चिंगारी
दहकने दो शोला
ये पूरी सभ्यता नष्ट कर दो
इक निशान भी न बचने पाएं
न आदम का, न खुदा का
बस इक शून्य रहे

उगो बाद में फिर
ज़मीन की कोख़ से
बिना किसी ख़ुदा के
बिना किसी मज़हब के
बिना किसी सरहद के।

27. *rebirth*

ज़रा तलाश करो
ठिठुरन बहुत है
सारे शोले बुझ गए हैं
चाँद किसी विधवा के
कपड़ों में लिपटा खड़ा है।

समंदर हिचकियाँ लेता है
बहुत भीतर कहीं
पुकारता है शायद
अपनी गहराई में मुझको।

पहाड़ों ने पहन लिया है
सफेद बर्फ़ का कफ़न
बुलाता है-
''आओ, दफ़न हो जाओ''

मैं कतरा-कतरा समेटता हूँ
अपनी हस्ती का
बुझे कागज़ पे
जलाता हूँ इक कविता।
बूँद-बूँद बनकर
पिघल जाता हूँ,
अपनी ही कविता में
छुप जाता हूँ

वो मुझसे हुई थी पैदा,
अब मैं कोख में हूँ उसकी
वो गर्भ की सारी गर्मी
भरती रहती है मुझमें
ठिठुरन कम होने लगी है

मैं न जाने कितनी दफ़ा उसकी
कोख से जन्मा हूँ
न जाने कितनी दफ़ा और वो
जनेगी अब मुझको...

28. शून्यता की लय

लय तलाश रहा है समुंदर
एक बैचनी है उस तलाश में
कितनी ही नदियाँ
हो जाती है पूर्ण
समंदर में घुलकर
लेकिन समंदर
कहीं नहीं जाता
टटोलता रहता है ख़ुद को
और शून्यता से अधिक मिलता नहीं कुछ।

पूर्णता
कितनी ख़ाली कर देती है
इस ख़ालीपन में मिलता है
मोज़ार्ट का संगीत
जब वो बजता है
पास आ जाते है परिंदे कितने
मैं भी बस उन्हें सुनने
रोज़ जाता हूँ।

समंदर अपनी उंगलियों से
मेरे भीतर पड़े प्यानो को
बजाता रहता है
और शामिल हो जाता हूँ मैं
बड़े से शून्य में
बन जाती है एक शून्यता की लय...

29. झुर्रियाँ

मैं झुर्रियों की तरह
फ़ैल रहा हूँ
चेहरे से लेकर पाँव तक

झुर्रियाँ उम्र से नहीं आती
ये बस आ जाती है
जब कोई उम्मीद मरती है

जब कोई ज़वाब में लिखता नहीं ख़त
जब कोई आहट दहलीज़ पे नहीं आती
झुर्रियाँ आ जाती है

मैं चाहता हूँ
वो मुझे गर्म सी इस्त्री से
मेरे पूरे बदन की झुर्रियाँ जला दे

और होता भी वही है
शमशान में
जलती हुई लकड़ियों के बीच
बदन नहीं जलता
झुर्रियाँ जलती हैं।

30. नाक़ाम

मैं बहुत कमज़ोर शायर हूँ
मुझसे इंक़लाब का
वज़न उठाया नहीं जाता...

मुझसे चीटियों की तरह
मेहनत नहीं होती

मुझसे इश्क़ नहीं होता
मुझसे नफ़रत नहीं होती
मुझसे क़त्ल नहीं होते
मुझसे चाहत नहीं होती

मैं बहुत कमज़ोर शायर हूँ

मेरी नींदों से
ख़्वाबों का बोझ उठाया नहीं जाता
मेरे अँधेरे से
एक दीया भी जलाया नहीं जाता

मैं हुक़्मरानों के ख़िलाफ़ एक लफ़्ज़ कह नहीं सकता
मैं उसके हाथों पे हिना से अपना नाम
लिख नहीं सकता

मैं बड़ा कमज़ोर शायर हूँ

मैं उसका नाम लेने में
अब भी घबरा सा जाता हूँ
मैं उसकी गलियों में भले
अब भी छुपके से जाता हूँ

मैं बड़ा डरपोक शायर हूँ...

लेकिन कभी कभी
कोई जुगनू
मेरे घर के अंधेरे में
जब ख़ुद की आग से
लिख जाता कोई नज़्म अपनी

मैं चुपके चुपके पढ़ता हूँ
मैं चुपके चुपके मरता हूँ

मैं शर्मसार शायर हूँ
मैं बेक़ार शायर हूँ
तमाम उम्र
तितलियों के पंख बीने हैं
तमाम उम्र
एक रंग तलाशा है मैंने

जिसे इश्क़ कह सकूँ
सुकूँ से मर सकूँ

मकड़ी के जाल में बस मैं
जकड़ा ही जाता हूँ

मैं मछलियों की तरह हर बार
पकड़ा ही जाता हूँ

मैं बड़ा नाक़ाम शायर हूँ...

31. देखना

चुप रहना ज़रूरी है
घुट जाना ज़रूरी है
शोर सहना ज़रूरी है

ज़रूरी है सच देख के
मूँद लेना आँखें
ज़रूरी है देख लो तो
कुछ न कहना होठों से

न सवाल उठाना ज़रूरी है
न आवाज़ उठाओ
सिसकती रात में सिसक के
थक के सो जाओ

बचा लेना कुछ साँसें
अग़र इतना ज़रूरी हैं
जीने के लिए लेकिन
मरना ज़रूरी है

ज़रूरी है होठों पर
जब लगे हो टांके
उठा लो हाथ में क़लम
लिख डालो जो भीतर है

ये चीख़ से ज़्यादा असर करेगी
ये चुप्पी में भर देगी आग देखना
पहले ज़रा एक बार मर के देखना...

32. फ़सल

मुझे बारूद के पौधे लगाने थे
मैंने गेहूँ की लहलहाती फ़सल पर
चलाये टैंकर, ज़मीन को बंजर किया...
मैंने बच्चों के हाथों से छीन लिए गुलाब
उन्हें थमा दिए डायनामाइट
और कहा 'लक़ीर के उस पास तुम्हारे दुश्मन हैं'

लक़ीर के उस पार के लोग भी यही कर रहे थे
धमाके बढ़ने लगे दोनों तरफ़...

हम ज़िंदा बच्चे बोते रहे ज़मीनों में
धीरे-धीरे हमने बारूद की फ़सल काटनी शुरू कर दी...

33. मुन्तज़िर

मैं इंतज़ार में हूँ
उस अंतिम युद्ध के
जिसमें गिराये जाएंगे परमाणु बम
और पूरी सभ्यता पिघल जाएगी
मोम के पुतलों की तरह

जल जायेगी जीज़स की सलीब
मोहम्मद की कुरान
कृष्ण की गीता
नुसरत की आवाज़
जगजीत की गज़लें
जल जायेगा सारा डिजिटल डाटा

मर जाएगा तब सच में मंटो भी
उसके क़िरदार जिस कागज़ से दफ़्न होने की मिट्टी माँगेगे
वो कागज़ भी जल जायेगा...

मर जायेगा समय
इस पूरी सभ्यता के साथ

मुझे उस युद्ध का इंतज़ार है।

34. टोबा टेक सिंह

मैं वो पागल हूँ
जिसकी पिंडली को
1947 से पागल कुत्ते काँट रहे हैं।

नहीं नहीं उनका कोई मज़हब नहीं है
मुल्क़ भी नहीं है...
और ये भूखे भी नहीं हैं।
दरअसल इनके दाँतों को मज़ा आता है
इनके कानों को पसंद है वो आवाज़
जो दाँत के हड्डी से टकराने से जन्मती है

लेकिन मैं गिरूँगा नहीं
खड़ा रहूँगा
मैं मंटों की कोख़ से जन्मा हूँ
मैं उसका कमीना क़िरदार हूँ

कोई मंटों को ख़बर दे
उसने भले मुझे गिरा दिया था
लेकिन बिशन सिंह गिरेगा नहीं
ओपड़ दी गिड़ गिड़ दी एक्स दी बेध्याना दी मूँग दी दाल ऑफ़ दी पाकिस्तान ते इंडिया ते कश्मीर।

35. सुनो अमृता

वो बोधि वृक्ष
सूख गया है
सिद्धार्थ, बुद्ध बनेंगे कैसे?

मरियम ने मना कर दिया है
वो नहीं देगी जन्म
सलीब कुँवारी रहेगी

वो जिसे खाकर
निकाले गए थे जन्नत से
वो इल्म का फल बचा रखा है मैंने
न जाने किसने उस पेड़ की जड़ों में
तेज़ाब डाल दिया है?

तुम्हारी कविता ने
सुकरात का ज़हर का प्याला
अमृत कर दिया है अमृता

तुमने एक रात नज़्म लिखी थी
तो समय मुक्त हो गया था
उसने अपने तीनों कपड़े छोड़ दिए
और तब समय महावीर बना।

तुमने मुझे क्यों नहीं खोला?
मुझे अपनी नज़्म की मिट्टी ही दे देती।

कुछ तो कहो अमृता
कल्पना की डोर इतनी भी कच्ची नहीं
तुम बोल न सको।

36. औरत

औरत, तुम क्यों नहीं लिखती वो कविताएँ
जो मर्दों ने लिखी हैं तुम्हारे लिए,
तुम्हें कसकर बेड़ियों में बाँधकर,
जो बनते हैं तुम्हारे हितैषी?

औरत, तुम आधी धरती हो,
और पूरी धरती जनती हो कोख से अपनी।
तुम्हारी नाल से
रिसता है गर्भ का पानी,
तुम्हारी उर्वरा न खत्म हुई है, न होगी।
तुम बाँझ होकर भी जनती हो...

औरत, तुम गोल नहीं हो बेली हुई रोटी जैसी,
फिर भी तुम्हारे नाखूनों में
क्यों रह जाता है ज़रा सा आटा?
तुम्हारी कल्पना सस्ते पाउडर की तलाश नहीं,
तुम्हारे जिस्म का मैल होता तो कुछ न कहता मैं,
पर तुम अपनी रूह मैली कर रही हो।

तुम्हारा ख़ुदा सच कहूँ, कोई नहीं है,
तुम त्याग दो सारे मंदिर, गिरजे, ये दरगाहें,
तुमने नस्लें खो दी हैं अपनी।

फिर भी, ये चाहता हूँ मैं–
औरत, काश मैं औरत होता...
क्योंकि, तुम आधी धरती हो,
और पूरी धरती जनती हो कोख से अपनी।

37. सिफ़रनामा

कोई आहट, कोई दस्तक
कुछ भी तो नहीं
सच कहूँ कुछ भी नहीं अब पास में

शाम बुझी हुई अगरबत्ती की राख़ बनकर बिखर जाती है
कोई रंग नहीं
तितलियों के परों से भी ग़ायब है रंग
या सिर्फ़ मुझे ही नहीं दिखते?
तुम कहो, कुछ तो
समन्दर में क्यों नहीं उठ रही हैं लहरें
सबकुछ इतना शांत क्यों है?

किसी ने खुदकशी की है फिर
किसी ने कुछ तो खोया है?
किसी को मिला भी तो होगा
क़ायनात एक तवाज़ुन में है
मैं ग़मगीन हूँ, कोई तो ख़ुश होगा...

कहो न कुछ
ये ख़ामोशी हवा की तरह टकराती है बाँसों से
और मैं गूँजने लगता हूँ
न अब कोई शब्द है पास मेरे
न ही अहसास कोई

पर ये जो बचा है मुझमें
वो क्या है?
क्या है जो मिट के भी नहीं मिटता?
क्या है वो जो छूटता नहीं है?

ये मौन कैसा है?
ये परिधि कैसी है जीवन की?
इसका केंद्र क्यों गुम है?
या मैं शून्य हो गया हूँ।

38. जंगल

जंगल में चले जाना
ख़ामोशी से
कुछ न बोलना जुबां से
तुम्हारी क़दमों की आहट भी
तेज़ न हो
धीमे धीमे से बढ़ना जंगल में

जंगल को लफ़्ज़ पसंद नहीं
उसे पसंद हैं सिर्फ़ आवाजें
जिनमें शब्द नहीं होते
जंगल ध्यान में रहता है
उसका हर पेड़, हर पत्ता
दरवेश की तरह
अपने ही भीतर चलता रहता है

तुम भी गुज़रों जो अपने जंगल से
ख़ामोश हो के गुज़रना
वहाँ इक गुफ़ा मिलेगी
उसमें उतर जाना
इक सुरंग होगी उसमें
भीतर चले जाना
अपने ज़हन के जंगल में
तुम सोने की सुनहरी रस्सियों में जकड़े मिलोगे
तुम्हें खोलना है उसे बस
तब कहीं जाकर
तुम कुछ बोलने के क़ाबिल बनोगे।

39. उनका क्या होगा?

पहाड़ के मिजाज़ में आवारगी है
पर वो खड़ा है सदियों से
धीमे धीमे छोटा हो रहा है उसका क़द
कट रहा है और सोच रहा है
उन चीटियों के बारे में
जो उसके बदन में लहूँ सी बहती हैं
उनका क्या होगा?

40. कहा था

तुमने कहा था न
कोई नज़्म लिखो मुझ पर
जिसमें मेरा नाम शामिल हो
मैं ख़ुद को लिख रहा हूँ
समय के कागज़ पर
हमारा हर एक पल उसी का हर्फ़ है
तुम लिखने को कहती हो
देखो मैं जी रहा हूँ
तुम्हारी नज़्म

तुम ही कहो
लिखना ज़्यादा ज़रूरी होता है
या जीना?

41. संसद

उस किवाड़ के पास रख छोड़ी हैं
कुछ आँसूओं से लिपटी रातें
थोड़े सूखे हुए लहू के धब्बे
कुछ कोख़ में मार दिये गये बच्चे
कुछ सिसकियाँ, कुछ ज़ख्म से
कुछ मर्दानगी के सबूत
कुछ मसले हुए फूल
एक बासी रोटी
कुछ भूख के अवशेष जो ज़िन्दा हैं

कुछ सपनों की बेनाम सी लाशें
और कुछ सपने देखती आँखें
एक झुण्ड आवारा भीड़ का
गाँधी की हड्डियों से बना एक खिलौना

हाँ संसद के चौखट पर सब छोड़ आया हूँ
बड़े खेल के लिये कई खिलौने दे कर आया हूँ।

42. क्षीणता

नहीं होता है कुछ ऐसा
धूप में नहीं उड़ेंगे रंग
खूऩ के धब्बों के
नहीं बहेगी कोई नदी
सिर्फ़ प्यास बुझाने के लिये
शहर का मलबा, कचरा
ढ़ोने के काम ही आयेगी

नहीं होगी कोई आँख
सपने उगाती हुई
न रोती हुई
न सिसकती हुई
पत्थर सपने नहीं जी पाते
उन्हें दर्द नहीं होता

तुम सिर्फ़ पूज सकते हो
सज़दों में मिट सकते हो बस
चलो रीढ़ झुका लेते हैं अपनी
कभी नहीं उठने के लिये

मगर,
उस जुगनू का क्या करें
जो हर रात में आ कर
चिढ़ाता है

वो केंचुआ जो
मिट्टी की
किसी भीतरी सतह पर
करता रहता है उठापठक
वो नहीं रुकेंगे
वो जीते रहेंगे
तुम्हारी क्षीणता को
जगाने के लिये...

43. वसीयत

उसने मुझे भेजी
तमाम दिनों की धूप
तमाम रातों की मिट्टी
क़श्ती के बादबान में भरी हवा
सफ़र लपेट के सड़कें
समन्दर समेट के लहरें
और मैंने सबकुछ बो दिया अमेज़न के
जंगलों में

जब वो उगने लगे तो
कबीलों की हँसीन लड़कियों ने
शहरों के ख़ाली लड़कों में
बो दिए इश्क़ के बीज़...
बस, बह पड़े सूखी नींदों में
गीले ख़्वाब कई।
लेकिन इश्क़ कब बर्दाश्त हुआ है
जो अब होता

सुना है आग लगी है उस जंगल में
मुहब्बत की सब कहानियों के साथ
सुना है सब कुछ जल रहा है वहाँ

सुना है कुल्हाड़ियाँ चलने लगी है
पेड़ के बदन के साथ साथ
मेरी साँसें ज़ख़्मी हो रही हैं।

मैं ये सारे ज़ख़्म और सारी नफ़रतें
वसीयत में अपनी आने वाली पुश्तों के
नाम कर रहा हूँ।
जो कमाया है
वही तो देना होगा।

44. मर्तबान

न झूठ होता है कुछ
और न ही सच
अग़र होता है कुछ तो
एक ख़ाली मर्तबान
जिसमें कई ब्रह्माण्ड क़ैद हैं

और ये ख़ालीपन
उस मर्तबान को तोड़ना चाहता है।

कुछ कुछ ये शरीर भी
मुझे लगता है उस मर्तबान जैसा

जो बस "है"
न ये झूठ है और न ही सच।

45. आख़िर में

मैं केवल जिस्म तो नहीं थी
काश वो मुझे जिस्म से अलग करके देख पाता।
लेकिन सबके पास रूमी की आँखें कहाँ होती है।

मैं अपने ही दायरे में घूम रही हूँ
घूम रही हूँ
धीरे धीरे मेरे बदन से चिपकी हुई माटी उड़ रही है।
मैं अपनी आँखों को मिटते हुए देख रही हूँ।
धीरे धीरे सब कुछ खुल गया मुझसे
जब भँवर ठहरा

तू मेरे बदन के पुर्जे चुन रहा था।
मैं रूह सेंक रही थी अपनी चिता की आग में।
सच में बहुत ठण्ड थी... पूरी उम्र
हाथ पैर और ज़हन, सब अकड़ गया था
तुम्हारी गिरफ़्त में।
अब खुल गया है सब...

और आख़िर में

तूने जो चाहा था तुझे वो मिला
मैंने जो चाहा था मुझे मिला।

46. लकड़ियाँ

सो जाती हैं हर उम्मीद
और हर उम्मीद के साथ
मर जाता हूँ मैं...

दिन भर तलाशता हूँ लकड़ियाँ
ख़ुद को जलाने के लिए
लेकिन हर रात
ख़ाली हाथ लौट आता हूँ मसान से

मैं अपने अँधेरे से नोच लेता हूँ आग
और भस्म कर देता हूँ ख़ुद को

हर सुबह न जाने कौन मेरी राख़ में
भर देता साँसें
और फिर सुबह से मैं निकल पड़ता हूँ
तुम्हारी ही तरह
तलाशने लकड़ियाँ।

47. चीटियाँ

चीटियाँ, कहाँ जा कर छुप जाती होगी
जब भी ये बारिश के दिन आते हैं,
बिलों में भर जाता है पानी
डूब जाती हैं बस्तियाँ भी
मगर ये मरती नहीं हैं।

चीटियों ने सीखा है हुनर
इंसानों ने नहीं...

अभी कितना कुछ सीखना बाक़ी है हमें
एक चींटी का रहस्य भी सुलझा नहीं है

हमें चाँद पर घर बसाना है।

48. दस्तावेज़

जब लिखा जाएगा
इस सभ्यता का दस्तावेज़
छीली जायेगी हर विजय गाथा की खाल
लिखा जायेगा सच....
तो ध्वस्त हो जायेगा
समस्त का समस्त इतिहास

तुम्हारे और मेरे अपराध लिखें जाएंगे
काटे गए पेड़ों के बिल से
चीटियाँ देंगी गवाही
इमारतों से गिरकर मरे हुए मज़दूर
अपने लहूँ से लिखेंगे वो अहम दस्तावेज़

जब अगली सभ्यता तक पहुँचेगा
पिछली सभ्यता का सच
मनुष्य पढ़ेगा
लहू से भरी कहानी
पागलों की भीड़ के बारे में जानेगा

स्वयं को वो कह देगा नास्तिक
और हो जाएगा अंत इस खेल का।

49. सच्ची कहानी

वक़्त को भूख लगी है तो
वो इतिहास क्यों नहीं खा जाता
खा जाये सारे मज़हब
सारी सभ्यता खा जाये

हमें बस छोड़ दे ऐसे
बदन पे न हो कोई कपड़ा
हमें रहने दे जंगल में
ख़ुदा का नाम तक न हो

फिर हम खोजे आग
बनाये पहिया
लिखे फिर से

बिना चमत्कारों की
सच्ची कहानी।

50. पैदाइश

नज़्म खूँटी पे टाँकी है
जैसे बदन उतार देता हूँ बिस्तर पर
और देखता रहता हूँ ख़ुद को
ज़िन्दगी और मौत की साँझा कोशिश
इक नज़्म की पैदाइश।

51. जन्म

मेरे अस्तित्व में
रखा है
अस्तित्व तुम्हारा
जिनसे जन्मती हैं
कवितायें

जिनसे जन्मते हैं
अनन्त काल
मैं सिर्फ़ स्याही हूँ
तुम शब्द बनती हो
ईश्वर का अस्तित्व
बहुत बाद का है।

52. आवारा नज़्म

कल से जाड़ा बढ़ने लगा है
एक नज़्म बुखार से तपने लगी है
खांसती-छींकती है जब
डायरी में हर्फ़ सारे उछलते हैं
बड़ी नादान है, पाज़ी है, शैतान भी बहुत है...

गई रात जब मैं सो गया था
ये गई थी चाँद से मिलने
मुझे डर है कि राहू की नज़रों ने पकड़ा न हो इसको
ये नादान कॉमेट की सवारी कर के आई थी
नींद से जगाकर बताया था सब उसने
माथे पे हल्की थपकी देकर सुलाया भी तो दिया था
बिना पन्नों को खड़खड़ायें
वो डायरी के दूसरे ही किसी पन्ने पर सो गई थी
कुछ होश ही कहाँ था उसे।

सुबह से बड़ी तप रही है ये आवारा नज़्म
हाथ माथे पर लगाया तो
छाला सा बन गया पानी का

बस तेरी याद की शॉल मिल जाये
बदन पर ओढ़ाकर सुला दूँ मैं इसको
मुझे डर है कहीं ताप यूँ ही बढ़ता रहा तो
डायरी मेरी जलकर न खाक़ हो जाये।

53. हैरत

नज़्म छोटी ही होती है
बहुत छोटी
माइक्रोस्कोप के लेंस से भी देखा जाए
तो शायद दिख जाए

नज़्म दिख भी जाती है तो
वैसे नहीं दिखती
जैसी वो उसके जन्मते वक़्त पे थी

नज़्म किसी एक ही नहीं होती
वो जब पढ़ी जाती है क़िताबों में
जो नज़र बो दे उसमें अपनी
बस उसकी हो जाती है

नज़्म एक बीज होती है
जो अलग अलग ज़हन में ख़ुद को बोकर
वो सब दिखाती है
जो उसने भी सोचा नहीं था

नज़्म हैरान होती है
जो होती नहीं वो
उसे लोग समझते है

नज़्म मुस्कुराती है
और सारे फ़लसफ़ों के कपड़े उतारकर
क़िताब में सो जाती है...
नज़्म छोटी ही होती है... बहुत छोटी।

54. भुरभुरी मिट्टी

ये दोनों रख ले
ज़मीन भी और पानी भी
पर आसमाँ मुझे दे दे
पूरा नहीं, वो छोटा सा टुकड़ा दे दे
जहाँ से मेरे कमरे से वो सितारा दिखता है
बस उतना ही
बाक़ी सब ले ले

हर रात वो सितारा मेरे अँधेरे कमरे में
रौशनी की एक कमज़ोर डोर फेंकता है
मैं वो कच्ची डोर पकड़ कर
छोड़ दूँगी तेरी ज़मीन और पानी

पर एक वादा कर मुझसे
मैंने जो लम्हों के बीज बोये थे न
उस टीले के नीचे
भुरभुरी ज़मीन में
तू वहाँ रोज़ पानी डालेगा
तू सहेजेगा न उन्हें?
तूने न ''हाँ'' कहा और न ही मना किया
मैं तेरी ख़ामोशी को सुन कर लौट आई

रात में बदन उतारा और वो कच्ची डोर पकड़ ली
और धीरे धीरे वो छोटा का आसमान का टुकड़ा
बड़ा होने लगा
उस टुकड़े में कितने ही आकाश समाते चले गए
मैं शून्य गति से बढ़ती रही

लेकिन धीरे धीरे
मेरे हाथों ने अनंत में टटोलना शुरू कर दिया
वही लम्हें
और वही भुरभुरी मिट्टी...

55. रस्सियाँ

तुम्हें बाँध आया था मोहनजोदाड़ो में
समय की बेड़ियों में कस के
उस ठहरी हुई सभ्यता से
अब तक गुज़र रही हो तुम
हर क़िरदार में नज़र आती हैं
तुम्हारी छाप मुझे...
मुझे याद है तुम्हें छोड़कर
मैं बढ़ गया था आगे
समय हैरान सा देख रहा था सबकुछ
मैं जी कर इतिहास बना रहा था
तुम वहीं रुक कर इतिहास बन रही थी ।

लेकिन समय का गर्भाशय उजाड़ नहीं है
वो निरंतर जन्मता रहा है
हर शक्लो सूरत में लगातार हमको
तुम्हारा चेहरा जब नज़र आता है तो
मेरे चहरे में कुदालें चलने लगती हैं
मुझसे खोद के निकाली जाती हो तुम...
उस सभ्यता से मैं भले निकल आया था
पर वो मुझमे दफ़न रहती है।

तुम समय की महीन डोर पर
सदियों का फासला तय करके
चली आई हो इस छोर तक
और धीमे धीमे खोल रही हो वो रस्सियाँ
जिनसे जकड़ा था तुम्हें

हर काल अपना हिसाब लेता है
हर काल में दफ़न रहेंगे यूँ ही
तुम और मैं
हर काल की खुदाई में मिले कंकाल
तुम्हारे और मेरे ही होंगे।

56. गुलज़ार

उसकी आदत में शुमार है
लम्हें देखता नहीं
चखता रहता है
जन्मते ही सितारे चूमता है
और चाँद झट से फांक जाता है

अपनी ऐनक से
इस सदी को बुना है उसने
और ब्रह्माण्ड को
पिरो दिया है नज़्म में अपनी

आवारा मिज़ाज़ है वो
कल रात ही देखा था उसे
नंगे पाँव चल पड़ा था
सितारे चुभ रहे थे जब
उफ़ तक नहीं निकली
इक भटकी हुई उल्का ने पता पूछा
उसे रस्ता दिखाया था

अज़ब सा डाकिया लगता है कभी कभी
ख़ुद का ख़त ज़ेब में रख
दूसरों के ही ख़त
बाँटता रहता है।

57. पतंगबाज़ी

ये ज़िन्दगी पतंगबाज़ी ही तो है
ये अलग बात है
उसने माँझा कम दिया

मैंने तय कर लिया था
मुझे पेंच नहीं लड़ाना
बस उड़ानी है पतंग
मैंने पकड़ा है कई बार उसे
चुपके से आसमाँ का बोसा लेते हुए
और उसने भी तो आसमाँ के झुकने का
बहाना बनाया था...

और देखते ही देखते
मेरी हयात से माँझा निकल गया
सद्दी हाथ आ गई।

कुछ लोगों ये भाँप लिया
जैसे ज़मीन पर रेंगते कीड़ों को
भाँप लेते हैं शिकारी परिंदे

सब उसी फ़िराक में है
कब शिकार हो उनका..

मगर मैं तो उड़ान के लिये तय था
लड़ने के लिये नहीं
पर बिना लड़ें उड़ान होती भी कहाँ है?
ख़ुदा ने डोर तो बहुत दी
पर माँझा कम रखा
अब वक़्त सद्दी सा काँपता है हाथ में मेरे
लेकिन मुझे होश ही कहाँ था...

इश्क़ के आसमाँ चढ़ते चढ़ते
मेरी नादान पतंग
उलझ गई क़ाबे के गुम्मद से
वो भीतर देखने वाली ही थी
ख़ुदा ने मेरे हत्थे से
पतंग काँट दी मेरी

मैं हवा के साथ उड़ता हुआ मैं सोचता रहा
माँझे से काटता तो
बहादुर जानता उसको...

58. आवारा

मुझे मिली है मेरे जैसी नज़्म
आवारा, बिल्कुल आवारा
न सिर है उसका, न पैर कोई
मसले सारे उलझे हुए
न कोई रिश्ता साँस लेता है
न ही मरता है
बिना किनारों के बहती हुई नदी है वो
मैंने जब पैर डाले उसमें तो
अज़ीब सी गुनगुनाहट दी उसने
जैसे कोहरे में अलाव जले।

शाम के किनारे पर
भटकती ख़्वाहिश सी
वो इक मोड़ पर रुक गई
कुछ बंजारे सुलगते चूल्हे में
बदन के साथ साथ
रोटी भी उसी पे सेंक रहे थे।
मेरी वो नज़्म चुपके से
रोटी से चिपक गई।
मद्धम सी भाप उड़ी
जैसे उम्मीद कोई।

नज़्म का टुकड़ा तोड़ कर वो लोग
मुँह में रख के चबाते गए
और भी आवारा होते गए।

इक आवारा सी नज़्म मेरी
कितने बंजारों को और जन्म देगी?

59. अपनी अपनी प्यास उठाकर

अपनी अपनी प्यास उठाकर साथ चलो तुम
दूर कहीं सुना है इक चश्मा बहता है
भीड़ की भीड़ पीछे पीछे साथ में हो ली
मैंने तुम्हारी नज़्म में पढ़ा था कहीं
दूर पहाड़ के पीछे इच्छापूर्ति का चश्मा बहता है
देखा नहीं था, मैं बस चिल्ला दिया था

''अपनी अपनी प्यास उठाकर साथ चलो तुम''

वहाँ जो पहुँचा कुछ भी नहीं था
बियाबान इक रेगिस्तान था बस
एक शिकारी के जैसा
उसको जैसे मालूम था हम आने वाले हैं

हर बार चुनाव के बाद यही होता हैं
हुक़्मरान मुझे भी शायर लगते हैं
उनकी वादे जैसे तुम्हारी नज़्म हो कोई
वो भी अपना झूठ पकाते
तुम भी अपना
इतने प्यासे लोग हैं मेरे
कोई कुछ भी कहता है मान लेते हैं बेचारे

कोई तो होता जो कह देता
मिल के कुआँ खोद लो अपनी प्यास बुझा लो
लेकिन मेरे लोगों को चमत्कार की आदत है

कल कोई और आयेगा फिर से चिल्लायेगा
ये उसके पीछे हो लेंगे सब

"अपनी अपनी प्यास उठाकर साथ चलो तुम।"

60. गुज़ारिश

सिमट जाने दे मुझे
किसी ख़्याल सा तेरे ज़हन में कहीं
कभी कभी नींद में आ जाया करूँगा
कभी लिपट के तेरी रूह से
महसूस करा दूँगा तुझे।

तेरी परछाई के उगते ही छिप जाऊँगा उसमें
मेरा अक़्स होगा आईने में तेरे
कभी कभी तुम रात में उठकर
चाँद को चूमने की कोशिश करोगी
और थक जाओगी
मैं पसीने की बूँद बनकर
चूम लूँगा तुम्हें।

मैं छिपा रहूँगा तुम्हारी हर आदत में
आधा पानी पीना उस गिलास से
घूट घूट सिमट जाऊँगा तुम्हारे भीतर ठंडक सा

तुम्हारे आगोश में लिपटा रहूँगा मैं
जैसे जीवन साँस से

तुम्हारे साथ उभरता रहूँगा
तुम्हारे साथ डूबता रहूँगा
तुम्हारे बालों में उगलियों सा
तुम्हें छूता रहूँगा मैं

मैं नहीं हूंगा कहीं पर भी
मगर तेरे भीतर कहीं गहराई में
छिपा रहूँगा।

तुमने एक बार मुझे समन्दर कहा था
और मैंने तुम्हें नदी
मैं सिमट छिप जाना चाहता हूँ तुम्हारे भीतर
कभी कभी समंदर भी
नदी में पनाह चाहता है।

61. कुरकुरी धूप

बड़ी मुश्किल से ढूँढ़ा है, उस शॉल को
ना जाने कितने रंगों से बंधी थी जो...
डोर खोली तो यादें महकती सी,
मेरी पलकों को सहलाती हुई
नमकीन हीरे दे गयी...

जब भी चखता हूँ वो रंग मीठा-सा लगता है...
ज़हन की गर्त से दरिया का एक छींटा सा लगता है...
अजीब होती हैं यादें तेरी, अजीब चौकाती हैं ये...
बहुत वक़्त गुज़रा है इस शॉल को खोलने में...

जब कभी ओढ़ लेता हूँ तो महसूस होता है...
कुरकुरी धूप को हथेली से मसलकर तुमने,
छुपा दिया हो इस शॉल में कहीं
ना सर्दी आती इसमें ना इससे धूप जाती है,
बस उँगली पकड़ती है छोड़ आती है,
वक़्त के गढ़े निशान पे फिर कदम रखता हूँ
दोहराता हूँ वही सब जो उस शॉल में गुम है।

बड़ी मुश्किल से खोला है इस शॉल को
बड़ी मुश्किल से संभलती हैं यादें तेरी।

62. यादें

सर्द सुबह
धुँआ सा निकलता हुआ
हर साँस के साथ

तुम्हारी यादों की सूखी लकड़ियाँ
अब भी मेरे भीतर जल रही हैं।

63. ख़त साँस लेते हैं

मेज़ की दराज़ में पड़े कुछ ख़त
साँस लेते हैं
लगता है ज़िन्दा हैं
कलम को कितना कसकर पकड़ा था तुमने
हथेली कितना घिसी होगी कागज़ पर
गीली मेंहदी और भी महकती जाती है
तेरे हाथों की महक अब भी उनके आती है
ये ख़त तुम्हारे अब भी साँस लेते हैं।

ज़हन से उलझ कर जो इक नज़्म पिरो दी थी
इक ख़त में तुमने
वो नज़्म मैं हर रोज़ जीता हूँ
जब भी साँस लेता हूँ वो नज़्म साँस लेती है
तुम्हारे ख़त अब भी साँस लेते हैं।

हज़ारों रंग टिमटिमाते है दराज़ में अक्सर
भला कोई कागज़ों में हीरे रखता हैं
तुमने कैसे अपने सारे ज़ेवर पिरो दिए थे उनमें
ये ज़ेवर अब भी खनक उठते है दराज़ में अक्सर
ये ज़ेवर साँस लेते है
तुम्हारे ख़त अब भी साँस लेते हैं।

64. *Scupture*

तुम मिली मुझे
ख़ुदा ने मुझे जल्दबाज़ी में
अधूरा छोड़ा था
उसे पूरा तुम कर रही हो।

मेरे बदन पर
जहाँ जहाँ मिट्टी कम थी
तुम मिट्टी से वो जगह भर रही हो
तो कभी छीनी हथोड़ी लेकर
झाड़ रही हो बेकार के सारे पत्थर
तुम sculpture की तरह
बहुत महीन तरीके से
बना रही हो मुझे
तराश रही हो मुझे

मेरे ज़हन पर
बनके नदी तुम
बह रही हो
नये से टापू बना रही हो
जहाँ मैं बेतकल्लुफ़
नज़्मों की खेती
कर सकूँ।
मुझे ख़ुदा ने अधूरा छोड़ा

तुम्हारे जिम्मे पे डाल
वो देखो कैसे हँस रहा है
उससे ज़्यादा शिद्दत से
तुम उसका काम कर रही हो
तुम मुझे घड़ रही हो।

65. कोई ऐसी कहानी

कोई कहानी लिखो न
जिसमें तुम हो और मैं हूँ
ख़ूब लडूँ तुमसे
चलो न हम नासमझ प्रेमी हो जाएं
रूठे – मनाएं एक दूसरे को।
जो हिस्सा हमने जिया नहीं
वो लिख़ दो न तुम...

हमेशा बढ़ा बन के रहा नहीं जाता
छोटी छोटी गलतियाँ करनी हैं
छोटी छोटी ख़्वाहिशें उगानी हैं
रूह की सारी बातें उतार दो
लम्हों की कहानी लिख़ दो न।

धूप की उँगली पकड़ के पहाड़ चढ़े
जंगल में हवा का दामन थाम ले
बर्फ़ को हाथ में लेकर मसले
पानी बनाएं
तुम कुछ बूँद मेरे होठों पर गिरा देना
नींबू के पत्ते तोड़कर
उसे हथेली पर मसल सूँघते हैं।

किसी रेस्टोरेंट में जाएं
वहाँ मैं चम्मच चुरा लूँ
तुम्हारे काँधे का तकिया बना लूँ
और रात भर एक करवट में सोती रहूँ...

तुम मेरे किरदार को वैसे रखना
जैसे मैं जीना चाहती हूँ
कोई बंधन नहीं
कोई रिश्ता नहीं
मुझे आज़ाद रखना
मेरी रूह को रूह ही रहने देना
उसपर कोई रिवायत न चढ़ने देना।

मैं बलखाती हुई नदी सी बहती रहूँ उसमें
मुझे जंगलों से गुज़ारना तुम
मेरी तासीर तो जानते हो न
मुझे आवारा रखना
जैसे रेगिस्तान के बवंडर
तुम रेत के धोरे बन जाना।

एक पल को जुदा न रखना मुझे
हिज्र की बात भी न लाना उसमें
मज़हब की आग न जलाना कोई
मुझे इन झूठे ख़ुदाओं से ख़ौफ़ लगता है

मेरे अँधेरों में बहुत सारे जुगनूँ रखना
मैं सो जाऊँ तो पलकों पे सजाना जुगनू सारे
मैं ठंडी आग में जलती रहूँगी।

मेरे क़िरदार को ख़ूब जीने देना
मुझसे औरत होने की सारी रस्सियाँ उतार देना
मैं तुमसे लड़ूँ तो रूठ न जाना तुम
मुझसे कतई भी नाराज़ न होना...
हो गए तो सोच लेना मैं मनाऊँगी नहीं...

मैं रात की बंजारन
फ़लक़ के तारे चुरा लाऊँ
हमारे कमरे में सजाऊँगी
कोई भी माँगे
ये आसमान रूठ जाये, मेरी बला से

मैं अपने खिलौने को ख़ुदा कहूँ
और तुम्हारे साथ हर उम्र में खेलूँ
मेरे बचपन का ज़ेवर न चुराने देना वक़्त को..

ऐसी कहानी लिखो
मैं पढ़ते पढ़ते मर जाऊँ।

66. महफ़ूज़

मुझे समेट कर ले चलो तुम
न जाने कहाँ कहाँ
बहुत बिखरा हुआ हूँ

तुम्हें साथ लिए चलता रहा

कहीं पर किसी किनारे पर
कहीं लहरों पर
कभी किसी शहर में
कभी किसी गाँव में

न जाने कहाँ कहाँ
तुमसे मिला हूँ मैं
मिलते ही तुमसे उग आती थी नज़्म कोई
तुम वो सारी नज़्में काट लो
तुम मुझे अपनी किसी
पुरानी डायरी में महफ़ूज़ कर दो
मैं वहीं उगता रहूँगा
जैसे बेल बढ़ जाती है
तुम्हारी मिट्टी हूँ
अपने पास ही रख लो
छुपा कर।

67. जला दो

तुझे लिख के भेजूँ
पानी
आँख को छू कर
वो आँसू बन जाये
मेरे ख़त में क़ैद समन्दर
खुल जाये
तुझे लिख कर भेजूँ
नाम तेरा
और कुछ भी नहीं
न हाल मेरा बताऊँ
न हाल तुम्हारा पूछूँ
तुम मेरी लिखावट से
समझ सकती हो।

तुम्हें लिख कर भेजूँ
ख़ुदा
एक झूठा नाम
जो तुम सा सच्चा है।

न जाने क्या क्या
लिख के भेज तो दूँ तुम्हें

पर न मेरी कलम में स्याही है
न कोई कागज़ है पास मेरे
ज़िन्दगी ठहरी हुई
सर्द रात बन गई है

तुम्हें लिख कर भेजूँ
आग
जला दो मुझे।

68. ठंडक

अब तो नींद के फोड़े पकने लगे हैं
ख़्याल का तिनका धंसा दे इनमें तो
पीप निकल आती है ख़्वाबों की
ख़्याल सारे सड़ गए हैं।

दर्द की आह जब निकलती है
रात के काले साये सब पी जाते हैं
चीखती हवाओं से जलने लगते है
कान के पर्दे
बरसात की फुहारें जब गिरती है बदन पर
जैसे तेज़ाब का कनस्तर उड़ेला हो

तारे जब टूटते हैं तो
धँस जाते है सीने में
कई रातों के मसला है
कई रातों ने मसला है

कभी कभी हथेली पर मसलकर चाँद
लगा देता हूँ नींद के फोड़ों पर
सुकूँ की ठंडक रहती है कुछ देर

अमावस में ठंडक मिल ही जाती है नींद को।

69. तुम्हारे जाने के बाद

तुम्हारे जाने के बाद
ख़्वाबों से दुश्मनी कर ली मैंने

ख़्वाब के पंख भी मरोड़ दिये
और पैर भी उनके तोड़ दिये
ख़्वाब अब रेंगते फिरते हैं साँपों की तरह
डस लेते हैं जब मौक़ा मिले इनको

आजकल रात में इनके डर से सोता नहीं हूँ मैं
साँसों से इनकी फुफकार सुनाई देती है

दिन-ब-दिन नीला पड़ने लगा है बदन
तुम्हारे जाने के बाद
मैं और भी ज़हरीला हो गया हूँ।

70. हिचकियाँ

हिचकियाँ याद दिलाती रही बहुत देर तक
कि तुम याद कर रही हो मुझे
याद की हर तस्वीर बंद पलकों से खुलती गई
और मैं ख़ामोश सा सब देखता रहा
याद है न वो फ़िल्म, जो साथ देखी थी
बिल्कुल वैसे ही...

पानी का घूँट भी तो उतारा नहीं गया
कहीं तेरी याद की आग न बुझा दे

सुलगती रात की बगल से चाँद
पूनम के बाद थोड़ा देर से निकलता है
ये खरोंचने लगा है मेरी हर नींद की तस्वीर
सारे चेहरे मिटने लगे हैं
नींद बौखलाई सी आई पास मेरे
मेरी पलकों से क्या समझौता किया
मालूम नहीं
बस भीनी सी महक पलकों में घुलने लगी
फिर उसी दौर में पहुँच गए
दो ख़ामोशियाँ जहाँ कुछ न कहकर सबकुछ कह रही थी
और इधर धीरे धीरे हिचकियाँ कसती रही साँसों के बदन को
रात भिनभिनाती हुई मक्खी की तरह बड़बड़ाती रही
मुझे होश ही कहाँ था, जो कुछ कहता

और सुबह जब धूप के महीन तार
अपना सुर टटोलने लगे
साँसे हिचकियों से लिपटी हुई
बदन से दूर पड़ी थीं।

71. गुफ़ा

यहाँ से अब गुज़र जाओ
यहाँ अटका रहता है तो सिर्फ़ वक़्त
पड़ा पड़ा सड़ता रहता है
दीवारों पर सीलन की तरह उभरता है
कोई छूता नहीं उसको
अज़ीब एक बू सी आती है।

रौशनी फेंकते है आने जाने वाले कभी
बहुत प्यासा लगता है ये अँधेरा सब पी जाता है।

अँधेरे को पहने हुए ये वक़्त
अपने खोल से बाहर नहीं निकलता
यहाँ चिराग़ नहीं जलते
कभी कभी थक कर चाँद
आ जाता है इन गुफ़ाओं में
अमावस की रात वो यहीं पर चैन पाता है
लेकिन जो उसे सोते हुए देख ले तो
पत्थर बन जाता है।

यहाँ से अब गुज़र जाओ, आज अमावस है
यहाँ पर अटके रहे तो
वक़्त की तरह तुम भी
हो जाओगे पत्थर।

72. हुनर

उफ़ तुम भी न
फेंकते रहते हो दिन रात के पत्थर सिर पर
रोज़ निशाना लगता है
रोज़ खून रेंगता है पेशानी से

तुम्हारी बिसात के मोहरे है
भला क्यों कर उलझे हो अपनी ही चालों में
अपनी चाल भी ख़ुद चलते हो
और हमारी चाल जब आती है
हम सोचते ही रहते हैं
और तुम मेरी चाल भी चल जाते हो
ऐसा लगता है, दोनों जानिब से तुम खेल रहे हो
बोरियत नहीं होती क्या?

रोज़ पुजारी जब तुम्हें पेड़ा दिखाकर
ख़ुद खा जाता है
रोज़ वही धूप की महक़,
वही घंटी की आवाज़
वही सज़दे में बहती हुई आयतें
तुम्हें भी तो याद हो गई होंगी सब

मुझे समझ नहीं आता इबादत करते हैं ये सब
या तुम्हें रिश्वत सी देते हैं
तुम्हें पसंद है ये सब, ये सब लोग कहते हैं

उफ़ तुम भी न
आख़िर ख़ुदाई का हुनर सीख ही गए।

73. सूदखोर

उफ़ तुम भी न
रखने लगे हो हिसाब
उसी साहूकार की तरह
मुंशी जी की गोदान में था न
जिसे होरी सूद दिया करता था।

साँस से बाँधकर वक़्त तो देते हो
और नब्ज़ की घड़ी से सब सोख लेते हो
हर लम्हाँ जमा करना पड़ता है वहाँ
ये पूरी उम्र तो सिर्फ़ ब्याज में ही लिख दी है।

कर्ज़ मैंने माँगा तो नहीं था
तुमने दिया भी क्यों आख़िर
कहाँ का बोझ सिर पे डाल दिया तुमने

पर, साहूकार के पास और काम भी कहाँ
तुम्हें भी तो अपना घर चलाना है आख़िर
वाह रे "सूदखोर", एक साँस का कर्ज़ा दे के
उम्र भर के करतब देखते हो...

मैंने सोचा जब ये जिस्म मिट्टी में मिलेगा
तो ये कर्ज़ भी चुक जाएगा
तभी तुम रूह पर फिर जिस्म का कर्ज़ डाल देते हो
गीता में पढ़ा था कहीं

बहुत बड़े साहूकार हो तुम, ये जानता था
उफ़, इतने बड़े सूदखोर भी हो
ये जान गया हूँ।

74. क़यामत

मेरे भीतर कितने ही तूफ़ान
बेवजह भटकते हैं
जो आवारा रेगिस्तान में तुम्हें तलाशते हुए
थक हार कर
लौट आते हैं वापस।

समय के रेगिस्तान ने
मुझसे प्रेम की आख़िरी बूँद का सौदा किया
और मैंने एक लम्हें में सदियों को भर दिया।

वो आखिरी बूँद गिरी थी न जब
तब से थम गया हैं सब
समय पड़ा पड़ा गलने लगा है
कोई शह नहीं हिलती
ब्रह्मांड का विचार शून्य हो गया है
ईश्वर बेलिबास हो कर खड़ा है सामने
और कोई नहीं अब जो उसके सामने
हाथ फ़ैलाये
भीख माँगे...

माना अहंकार मर रहा है
पर अब तो कुछ भी नहीं हो सकता
प्रेम की वो आखरी बूँद
सूख गई है।
कोई नहीं आयेगा अब
इस तलाश को पूरा करने
तो क्यों न आज का दिन तय कर लेते हैं
क़यामत के लिये।

75. अंतिम पड़ाव

कल्पना मेरे भीतर का प्रतिबिम्ब
सपने मेरे अंतर की प्यास
मेरी जिज्ञासा
मेरा हाथ थामे और ले चले
उस अनंत के पार
जहाँ
देख सकूँ
कुछ है भी या नहीं

और दौड़ आऊँ इस छोर
चीख़ के कहूँ

ईश्वर तेरा अस्तित्व सिर्फ़ भ्रम तो नहीं
या
ख़ामोश हो जाऊँ बुद्ध की तरह

अपनी उपस्थिति से अनजान
शून्य हो जाऊँ

फिर न प्रतिबिम्ब रहे
न सपना।

76. मिलन

बदन के ठंडे लिहाफ़ को
जब छू लिया था तुमने, अपनी रूह से
होंठ से लिखते गये तुम आयत सी
बदन के कोरे कागज़ पर
साँस से उठने लगी तपिश सी जब
जिस्म सुलगता था या रूह छलकती थी

घूट घूट पीते रहे, तपिश दोनों
एक इबादत का सिलसिला शुरू हुआ
जिस्म बन गया हाज़ी अपना
रूह बन गई क़ाबा अपनी

जिस्म के ठंडे लिहाफ़ पर
रूह के सज़दे महकते हैं।

77. मिराज़

वो दोपहर को धूप में
घड़े को सर पर रखकर,
रेत के धोरों में पानी तलाशती,
बंजारने...

वो रेत के बदन पर पड़ते
उन सूखे पैरो के निशान
एक करवट लेकर
हर निशानी सोख लेता है रेगिस्तान
उसकी प्यास इसी से बुझती है शायद

ये खाली कलसियाँ और ये बंजारने
खाली ही गूंजती रहती हैं हवाओ में
और घोलती रहती है एक प्यासा सुर
जो सूरज का ताप कम करता है
जो इनके पैरों के छालों की जलन कम करता हैं

जिंदगी भी उसी मरुस्थल सी है
हम सब बंजारने
ढूँढ़ते रहते है रेगिस्तान में पानी।

78. चाँद की पीठ

यूँ ही ख़ुमारी में रात भर
पीस–पीस के लगाया
हथेली पर
बुझती हुई रात का,
जलता हुआ चाँद
एक टुकड़ा उल्का का
गिरा आँगन में तभी
एक सन्देशा वहीं पर छपा पाया
चाँद हथेली से माँगा,
कायनात ने मुझसे

बड़ी मुश्किल से कुरेदा
और लौटा दिया
इसी कोशिश में
चमड़ी भी उतर गई कहीं

कभी पीछे से देखना,
अगर जाओ तुम
मेरी हाथों की लकीरों के कोड़े
चाँद की पीठ पर पड़े हैं।

79. आत्ममिलन

ये जानता हैं सब, इस तलाश में सबको
धुंध से चेहरे मिलेंगे
कोई मुक़म्मल चेहरा न होगा
तुम बस छू भर सकोगे
महसूस कर पाओ ये भी ज़रूरी नहीं।

एक ख़्वाब जैसा सफ़र चलेगा
मिलेंगे तुम जैसे ही मुसाफ़िर तुमको
सब तलाश में हैं
लेकिन ये ख़्वाब जो जी रहे हो
ये ज़मीन पर चल नहीं सकता
ये सच से लड़ नहीं सकता

लेकिन उम्मीद बनाए रखना
तुम्हारी ये तलाश ही इक दिन
तुम्हें मिलायेगी तुमसे
जब तुम ही हो जाओगे कृष्ण
और तुम ही हो जाओगे मीरा...

80. आख़िरी चीख़

चीख़ें जाने से बहुत पहले
जब दर्द का बीज़ फूटता है
लहू में रेंगता हुआ दर्द
जब मस्तिष्क तक पहुँचता है

जब सारी संवेदनायें
दर्द के आगोश में शून्य हो जाती हैं
जब बचाव का कोई रास्ता नहीं मिलता
तब कहीं जाकर निकलती है चीख़...

लेकिन कुछ चीख़ों को आवाज़ें नहीं मिलती
कुछ चीख़ें रहती हैं आपके साथ
आपकी अंतिम साँस तक...

तुम भी मेरी वही चीख़ हो।

81. मौन

काँपते हुए होंठ से
जब पुकारा तुमको
अरब सागर की लहरों ने
समंदर का बदन छोड़
मेरे नंगे पैरों को पहन लिया...

सफ़र की उबकाई
और थकावट के बीच
एक निर्मोही ठंडक
बहुत देर तक
मेरे बदन की हर पौर से
तुम्हें गुनगुनाती रही

मिलना बिछड़ना
बनना मिटना
जीवन मृत्यु
मोक्ष कल्पना
सबकुछ मिट गया उस पल में

ये रिक्तता
पूर्णता को
अपने भीतर शरण दे रही थी

लहरें, समंदर को चुनौती दे रही थी...

और मैं
होता गया
हमेशा से ज़्यादा और भी मौन।

82. ऑक्सीजन

सारी कल्पनाओं के परे
एक कोरी कुँवारी नींद की देवी
नदी में झाँकती है
और दे जाती है सपने
कछुएँ नींद में मुस्कुराते हैं
सुबह की धूप के ख़्वाब गुनगुनाते हैं

और मनुष्य नींद में तलाश रहा है
बारूद की गंध में
ज़रा सी ऑक्सीजन...

83. मुक्ति

तुम्हारी सारी कवितायें
मेरी कल्पनाओं सी झूठी निकली
समझती थी मैं
कलाकार वो होता है
जिसके ज़रिये काम करता है ईश्वर
सिर्फ़ तुम इक ज़रिया थे
मैं ईश्वर समझ बैठी तुम्हें

काश तुम कल्पनाओं से निकल कर
लिख़ पाते सच
जला देते मेरा यौवन
मिटा देते बदन की परिधि

काश तुम लिख़ पाते भूख़
बदन की ही नहीं रूह की भी

तुम भी सबकी तरह निकले
पूरे ख़ोखले
बिना रीढ़ के कीड़े
क्या पता ईश्वर भी वैसा ही हो

मैं आज कला से और हर कलाकार से
ख़ुद को मुक्त करती हूँ।

84. जंग

जंग
कोई भी हो
कहीं पर भी हो
सबसे पहले मारना चाहिये कलाकारों को
क्योंकि वो नहीं होते है
किसी काम के
वो नहीं उठा सकते बन्दूक
उसे मारने के लिये
जिसे वो जानते तक नहीं

ये सबसे खतरनाक कौम है
जिसे हम कहते है ''कलाकार''
अगर तुम्हें करनी है
जंग
तो सबसे पहले मिटाना होगा
इन बेवकूफ़ लोगों की पूरी क़ौम को
क्योंकि ये सिर्फ़ चाहते है
प्रेम और शांति

ये सबसे बड़े रोड़े है तुम्हारी राह के
अभी भी वक़्त है
क़त्ल कर दो
सब चित्रकारों को, शिल्पकारों को
लेखकों को, कवियों को
संगीतकारों को, अदाकारों को
कला के हर पक्षधर को खत्म करो
और
साथ में क़त्ल कर दो
अपने मासूम बच्चों को
क्योंकि वो भी इन बेवकूफों की तरह
ज़रूर सवाल पूछेंगे तुमसे
और जिनके जवाब
तुम्हारे पास न थे
न होंगे।

85. *Snow*

दूर कहीं बर्फ़ गिरी है
नर्म नर्म बे-बोझ रूई सी
आहिस्ता-आहिस्ता ढँक रही है तमाम रंजो-ग़म
बिछ जाती है शफ्फाक चादर सी
और मुँह से बहता है धुँआ
हर कोई स्मोकर लगता हैं

बर्फ़ में टटोलना तुम
समंदर की निशानी मिलेगी
सरहदों के परे है समंदर का पानी
बग़ैर किसी वीसा-पासपोर्ट के
वहाँ गिरा होगा...

पानी जाने है न कोई दुश्मन
न हवा, न बादल जाने है कोई
बारिश के लिए भी वही मामूल है
न बर्फ़ जाने है कोई
लक़ीरें बेबस सी रहती हैं इनके आगे
कितनी छोटी और झूठी लगती हैं ये

यहाँ का दर्द वहाँ बरसता है
वहाँ का दर्द यहाँ
यहाँ से वहाँ
वहाँ से यहाँ
कितना कुछ अदला बदली होता है
मेरे समंदर से कहे ख़त
न जाने किस मुल्क में बरसे होंगे..

इंसान रिफ्यूजी होते हैं
बर्फ़, बादल, हवा नहीं
ये परिन्दें भी नहीं...

अगर लक़ीरें खींचनी है तो पूरी खींचो
हवा का इक क़तरा भी सरहद पार न जाए

वरना ये ढकोसले तमाम करो...

दूर किसी मुल्क़ में जब गिरती है बर्फ़
मुझे लगता है मेरे ही शहर में गिरी है...

दूर कहीं फ़सादों में कोई जब होता है क़त्ल
मुझे लगता मेरा कोई अपना मरा है।

86. डोरियाँ

कहानी की तरह क़िरदार
मिलते जाते हैं मुझको
कुछ मेरे जैसे हैं
कुछ मुझसे पागल हैं

उन्हीं के साथ चलता हूँ तो
ये अहसास होता है
हर इक क़िरदार से उलझी हुई
कितनी कहानी हैं
हर कहानी में झाँको तो
फिर और भी क़िरदार उगते हैं...

ये डोरियाँ ज़िन्दगी की
उलझने में ही सुकूँन पाती है
ये अक़्सर सुलझने की कोशिश में
और उलझती जाती है।

मैं इस उलझने को ही
सुलझना मान लेता हूँ

क्योंकि उलझनें
डोरियों को क़रीब रखती हैं।

87. आवारा

वक़्त आवारा होना चाहता है
वो अपने इक लम्हें में
कितनी साँसें आगोश में ले
भटकना चाहता है
पर भटक नहीं सकता

हर लम्हें में करोड़ों सदा
हर सदा में उदास ख़्वाहिशें सब
हर ख़्वाहिश में इक शिकायत है
हर शिकायत में इक उदासी है

वक़्त साक़ित है
सदाक़त है
मग़र झूठ भी है
उसको जाना जहाँ नहीं होता
उसे उस मोड़ मुड़ना पड़ता है

कितने छाले पड़े हैं पैरों में
हर छाले में ज़िन्दगी का पानी है
कोई छाला जो फूट जाता है
कहते है वक़्त रूठ जाता है

हम सब वक़्त के बदन पे पड़े
और कुछ भी नहीं बस छाले हैं

चलो सब छाले फोड़ देते हैं
वक़्त आवारा होना चाहता है
चलो अब साँस रोक लेते हैं।

88. अहसास

जैसे ही रात के काँधे पर शाम ने सिर रखा
पहाड़ों को समन्दर की याद सताने लगी
गुस्से में जितने बादल सिर पे मंडरा रहे थे
पहाड़ ने सब निचो के देखे
बारिश की हर बूँद को टटोला
और आख़िर में उसे वो बूँद मिली
जिसमें समन्दर का संदेशा छिपा था....

उधर चाँद जब आसमान में आया तो
समंदर बदहवास हो गया
पूरी रात देर तक वो सिर पटकता रहा किनारों पर
कभी कभी गुस्से में आकर
वो लौटा देता सारी नदियाँ
जैसे उसे कुछ चाहिए ही नहीं...

जब पहाड़ों को चाँद ख़बर देता है
वो कुछ नहीं कहते
बस रात भर रोते रहते हैं
इश्क़ में रोना ही सुकूँ देता है।

तुम्हें अहसास तो होता होगा
मेरी बैचेनी समंदर सी है
तुम्हारी ख़ामोशी पहाड़ों की तरह।

89. सच

कभी रिस के देखो ख़्याल जैसा
न जाने कितने भँवर पड़े हैं
किसी लहर में ज़हन रखा है
किसी लहर में बदन रखे हैं

अटक के पानी झुँझला रहा है
ये पत्थरों का मज़ार क्यों है?
किसी के हिस्से की धूप ख़ातिर
किसी बदन की दीवार क्यों है?

कभी रिस के देखो
लहर के जैसे
साहिलों पे लिखो ज़रा सा
हवा की आदत रहे जो कुछ भी
अपनी कहानी
खुद लिख के देखो

बना के उनको ख़ुदा अपना
क्यों अपना क़द कम कर रहे हो
ख़ुदा हमी थे, ख़ुदा हमी है
ये जान लो अब
जो भूल जाओ
अपनी मौत हमारा मुकद्दर
किसी के हाथों का मोहताज़ क्यों हो?
सवाल पूछने की आदत डालो
ज़वाब ख़ुद-ब-ख़ुद घिस के आये

चलो रिस के देखे
अब तूफ़ान जैसे
कोई तिनका रोके
तो सच वही था
तो सच वही है।

90. सिफ़र

रात सितारों ने वोट किया और
आसमाँ ने चाँद को बेदख़ल कर दिया
भटकते हुए उसे जाना पड़ा
कहाँ जाएगा उसे भी नहीं थी ख़बर

ग्रेविटी से छूटा तो उड़ता रहा
कई ख़लाओ के आगे कहीं
उसको घर एक मिला गया
थक के वो सो गया।

न रौशनी थी वहाँ
न अंधेरा ही था
ठंड ही ठंड थी
न बादल की मुलायम शॉलें वहाँ
न समंदर की गहरी वो आँखें ही थी

चाँद ने जो नींद में सिसकी सी ली
मेरी नींदों में वो सिसकी उगने लगी
आँख खोली तो वो मेरे बाज़ू में था
मैं भी भटका हुआ, वो भी भटका हुआ...

गई रात कितनी ही नज़्में जली
हाथ तपते रहे
ठंड मिटती रही
इश्क़ की बात थे हम
वहाँ नफ़रत ही थी
हमें रहने को दो पल को मोहलत न दी
हमें निकाला गया।

चाँद ख़ामोश है
मैं भी चुप हूँ यहाँ
कुछ कहने से बताओ होगा भी क्या?

अब हम दोनों भटकते हैं कायनात में
मोहब्बत का वो सिफ़र ढूंढ़ते...

91. उम्मीद

और फिर जितने किनारे होंगे
बह जायेंगे, मिल जायेंगे सागर में...
फिर इक सभ्यता निष्प्राण सी,
तकती रहेगी अपने विनाश को,
बस इक शून्य ही होगा
गतिमान भी और स्थिर भी,

और दूर किसी रेगिस्तान के गर्भ में,
पनप रहा होगा इक कीकर का बीज।

92. अस्तित्व

चीटियों की होती हैं कल्पनाएं
एक शक्कर का दाना
बूँद शहद की
टुकड़ा छोटा सा बिस्कुट का
नन्हा सा एक बिल
जिसमें घुसता न हो बरसात का पानी...

मेरी ज़रा सी कल्पनाओं में
होती हो तुम
शक्कर के दाने सी
शहद की मिठास सी
लेकिन हर बार
जब आता है सच का सैलाब
वो निकाल फेंकता है मुझे
याद के छोटे से बिल से

जहाँ होता हूँ मैं
हमेशा की तरह
नितांत अकेला...

सच में मेरा अस्तित्व
चीटियों की कल्पनाओं से भी छोटा है।

93. वादा

बस एक ऐसी कविता
जो तुम्हारी उंगली पकड़
खींच लाए मुझ तक
तुम्हारी आँखों में
बिखरे हुए रेगिस्तान
सफ़र की थकान
तलाश की ऊब
सब मिटा दे
तुम्हारे पाँव धोये
नये ख़्याल के पानी से
तुम अपनी आँख में भर लो
ठंडक ज़रा सी।

तुम उस कविता का सिरहाना लगाकर
सो जाओ चैन से
बिना किसी ख़्वाब के
बिना किसी तलाश के
तुम्हारी नींद में न हो बैचेनी
न छटपटाहट कोई
बस एक ऐसी कविता...
जिस दिन लिख पाया मैं
क़लम तोड़ के अपनी
हो जाऊँगा कोरा कागज़

तुम वादा करो
तुम लिखोगी न तब
मुझ पर कविता...?

94. प्रेम काल

समय ने हमको कसना चाहा
उसने पहन लिए
अपने तीनों लिबास
पर वो हमें कस न पाया
मैं तुम्हारे साथ कहीं और ही था

उसने अपने कपड़े उतारे
और पूरा नंगा हो गया
हमने उसे एक लम्हें का
ताना-बाना दिया
उसने हमारे लिए
नया लिबास बुनना शुरू कर दिया
भूत, वर्तमान, भविष्य काल के बाद
उसने बुना है
प्रेम काल।

95. ख़ुदाई

अपने हाथों में
छीनी हथौड़ी लिए मैं
खोदता रहता हूँ ख़ुद को
शायद कोई मरी हुई सभ्यता
मुझमें दफ़्न है
उसी की तलाश लगती है
जिस्म की परतों के पार
जब हथौड़ी ने
रूह पे चोट करी तो
झन्ना के मैंने
तोड़ना चाहा अपना साँचा
मैंने जन्मों के बाँध खोल दिए
और बहने लगा इतिहास।

मैंने बदन से अंग अंग झाड़ा
रूह की खुदाई शुरू कर दी।

96. बारिश जैसी लड़की

वो बारिश जैसी लड़की
जब बरसती है
बूँद बूँद होकर गिरती है
बिखरी हुई
सूरज फिर से समेटता है उसे
चूम लेता है उसे
और कहता भी तो है
''तुम्हारी तलाश आसमान में है, ज़मीन पे नहीं''

ज़मीन और आसमाँ के दरमियाँ
वो अपने होने और न होने को भूल जाती
उसका सबसे ख़ूबसूरत सफ़र होता है
बादल से ज़मीन पर गिरने भर का...

बस उतना सा जीने के लिए
उसने सूरज की क़ैद में रहना मंज़ूर किया।

97. क़िताब

एक ख़ाली क़िताब दे कर
ख़ुदा ने भेजा था हमें
जो महसूस करो वो लिखना
वो क़िताब छीन ली गई हमसे
उसी क़िताब के पन्नों पर
लिखे गये है पुराण, गीता और उपनिषद
उसी क़िताब के पन्नों पर बाइबल, कुरआन दर्ज़ हैं
सबने उसी क़िताब को फाड़ फाड़ के
अपने अपने हिसाब से लिख दिया
हमारे पास बचा है सिर्फ़ इक ही पन्ना अब
बारी बारी से हम उस पर इश्क़ लिखते रहते हैं।

98. एक गुमनाम मौत

मैं नहीं चाहता कुछ बड़ा करना
मैं बस पौधों को पानी देते मरना पसंद करूँगा

मैं नहीं चाहता मेरे जाने के बाद
कोई याद रखे मुझे
मैं नहीं होना चाहता किसी की भी याद का
कोई सड़ा हुआ टुकड़ा
जिसे कोई भी चबा के थूक दे...

मैं सदियों के विस्तार से कहीं ज़्यादा
इस एक क्षण में सिमटना पसंद करूँगा

मैं नहीं होना चाहता किसी का प्रेमी
किसी भी बंधन से बँधा हुआ

मैं चाहता हूँ बस उस तरह जाना
जिस तरह आया ही नहीं

मैं चाहता हूँ एक गुमनाम मौत
शायद वो ही मेरी सबसे बड़ी उपलब्धि होगी।

99. आख़री साँस

मैं थोड़ा थोड़ा ख़ुद को जमा करता रहता हूँ
जब भी कोई नज़्म लिखता हूँ
मैं थोड़ा सा मर जाता हूँ
और नज़्म थोड़ी सी ज़िंदा हो जाती है
मेरी हिस्से की साँस वो लेने लगती है

मैं हर दर्द को, हर इश्क़ को
नज़्म में ज़िन्दा कर देता हूँ
जिससे वो मुझमें मर जाये
जैसे आइंस्टीन बाबा ने कहा था
ऊर्जा न पैदा होती है, न मरती है
बस वो एक रूप बदल के दूसरा रूप पहन लेती है

मैं भी वही करता हूँ
मैं थोड़ा थोड़ा बोता रहता हूँ
ख़ुद को अपनी नज़्मों में

एक रोज़ जब आख़िरी साँस भी
मैं लिख दूँगा कोरे कागज़ पर
उस वक़्त मैं रिहा हो जाऊँगा
लेकिन वो मेरी साँसें ज़िन्दा रहेगी।

100. सच्ची कविता

मैं अपने बंद घर से
कभी कभी ही निकलता हूँ
या निकाला जाता हूँ
जब बाहर की दुनियाँ मुझसे
तालमेल करना चाहती है
दूसरे शब्दों में ख़रीदना चाहती है मेरे शब्द

रास्ते भर सोचता जाता हूँ
ख़ुद को ऊँचे से ऊँचे दाम पर बेचूँगा
ट्रेन की भीड़ में, जहाँ सीट भी नहीं मिलती
मैं अपने ख़्याली मूढ़े पर शहंशाह की तरह बैठ जाता हूँ
मेरे बाहर बिल्कुल अलग सी दुनियाँ होती हैं
कभी कभी किसी चेहरे पर मेरी नज़र ठहर जाती है
लेकिन मैं उसकी तरफ़ देखता नहीं हूँ
ये वहम शायद उसके भीतर रह जाता हो
मैं उसे घूर रहा हूँ...
ऐसा होता है साथ मेरे...
मैं जहाँ होता हूँ वहाँ अक़्सर नहीं होता...

एक भीड़ सा टुकड़ा बन जब उतरता हूँ ट्रेन से
डेढ़ घंटे के सफ़र में मकड़ी की तरह मैं गणित के
जाले बुनता रहता हूँ...
शायद दो महीने का किराया निकल आये
एक महीने का भी बुरा नहीं...
जैसे जैसे मैं ख़रीदार के क़रीब पहुंचता जाता हूँ
मेरी क़ीमत घटने लगती है...
मेरी तराज़ू से मेरे शब्दों के वजनी बाट घटने लगते हैं...

ऑटो महँगा पड़ता हैं, मैं बस का इंतज़ार करता हूँ
फिर भीड़ की तरह भर जाता हूँ बस में
अंदर और भी कुछ टूटने लगता है...
नहीं जानता हूँ...
शायद ज़रूरतें, हमारी ज़रूरतों को कुतरती रहती हैं
और उस दाम पर बिकना पड़ता है
जिस दाम पर ख़रीदार चाहता है...

इस धंधे के बीच वो चीज़ मरती जाती है
जिसके लिए लिखना चाहा था...
किसी और के लिए क्या
काश मैं लिख पाता ख़ुद के लिए
एक सच्ची कविता...

101. नज़्म बोलती है

नज़्म बोलती है
ख्यालों से रूठ जाओ
सच के घाव लगे रहने दो
फटे आँचल को ज़रुरत नहीं
झूठे रफू की

इश्क़ की बात भी मत करो
इश्क़ इश्क़ लिखते लिखते
तुमने मार दिया है पूरा

नज़्म कहती है
मुझे लिखना छोड़ो
जीना शुरू कर दो...

102. कूड़ादान

और ये मैंने अपनी आख़िरी केंचुली भी फेंक दी
अब मैं पूरी तरह से नग्न हूँ
हर कल्पना से मुक्त हुआ तो
ईश्वर ने अपना अस्तित्व मिटा लिया
मैं एक बिंदु पर हूँ
जो उस अंधकार में खो जायेगा
जहाँ से जन्मा था
पर अफ़सोस
तुम्हें सिवा झूठ के कुछ नहीं दे पाया
तुम मेरी सारी कविताओं को
कूड़े के ढ़ेर में डाल देना
वो एक कोरी बक़वास थी
जो अपना अस्तित्व तलाशने में
मुझपे केंचुली डालती गई
और मैं उस भूख के लिए लिखता गया
जो प्रेम से लेकर पेट तक फ़ैली हुई थी।

पर मैं तुम्हारी क्या ख़ुद की भूख़ न मिटा सका
मैं तुम्हारा अपराधी
मुझे क्षमा न करना

और धोखा न खाना बस
क्योंकि अभी और आयेंगे
मुझ जैसे कई
तुम सुनना मत कुछ
उनसे अपराध ही न होने देना

वो जब अपनी आख़िरी केंचुली उतारेंगे
वो ख़ुद ही फेंक देंगे जो लिखा है
कूड़ेदान में।

103. अंतिम इच्छा

मुझे किताबों के साथ दफ़नाना
मुझे जलाना नहीं तुम
मुझे लफ़्ज़ लफ़्ज़ पहनना है
मुझे लफ़्ज़ लफ़्ज़ मरना है
मुझे लेनी है उन सब के ज़हनों की तलाशी
जिन्होंने मेरी रातों में बोये थे अपने सब आँसू

वो क्या सच में उनके थे?
या झूठे बहाये थे कि उनका नाम हो जाये

मेरी क़ब्र में रख देना सारी किताबों को
कुछ जुगनूँ रख देना
अँधेरे में मेरे कुछ काम आएंगे

मुझे दफ़नाओ जब तुम
मुझे मरने से पहले दफ़्न कर देना
मुझे जलाना नहीं तुम
किताबों में महफ़ूज़ कर देना।

104. खिड़कियाँ

मुझमें भी बंद हैं खिड़कियाँ
जो कभी कभी ही खुलती हैं
कोई दर्द साँस लेता है जब
कोई ख़्वाब ख़ामोश सोता है जब
ज़रा ख़ुद से छिप छिपा कर मैं
खोलता रहता हूँ वो खिड़कियाँ...

ये खिड़कियाँ सब जानती हैं
हर शक़्ल मेरी पहचानती हैं
मैं भाग जाता हूँ कूद के
जब बंद दरवाज़ा रहे
मुझे अलविदा कहती हैं ये

भीतर की घुटन से छूटकर
बाहर को जब आता हूँ मैं
एक बाज़ार सा लगता है सब
हर ओर ऊँची बोलियाँ
सच-झूठ दोनों बिक रहे

उस मंडी में एक दुकान पर
आईना है रखा हुआ
जिसे ख़ुद को होता है बेचना
यहाँ आकर है ख़ुद को बेचता
बड़ी लम्बी क़तार है वहाँ
मैं क़तार में हूँ लग गया

अब बारी मेरी आई तो
मेरे अक़्स को तौला गया
मेरे चेहरे सब खोले गए
मेरी परछाई से सौदा किया
फिर क़ैद मुझको कर दिया
मेरी सारी खिड़कियाँ बंद की
और मुस्कुरा के कहा मुझे

अब भीड़ का हिस्सा है तू
बाज़ार का किस्सा है तू।

105. प्रार्थना

कान में गिरा था जब
आवाज़ का टुकड़ा
देर तक एक डर सा
तैरता मुझमें रहा...

शोर जैसा ही था पहले
फिर दोस्ती थोड़ी हुई
लफ़्ज़ थोड़े से चिमटी से पकड़े
फिर बात भी छोटी हुई

देर तक आवाज़ का सिरा पकड़ के घूमना
जैसे नन्हीं चिड़ियाँ का घोसले को चूमना

कान से चिपका मेरे एक अलग तिलिस्म है
मुझे क्या है सुनना
इसका भी मुझको इल्म है
एक बटन दबाना है
शोर सारा मर गया
बेवज़ह का कचरा सुन के
सिर तुम्हारा भर गया।

106. नबीना (आरुषि)

आँखें बो रहा हूँ
उँगलियों में मैं
चेहरे को छू के
जान जाता हूँ हँसा है वो
दुखी है या शिकन को बांधकर
बैठा है माथे पे
मैं उसका हाथ छू कर
उसे अहसास कराता हूँ
मैं उसके नाम से नहीं
उसके चेहरे से नहीं
उसकी छुवन से जानता हूँ उसे

मैं शब्दों के साथ छुवन बुनता हूँ
जो कुछ अनछुआ रह जाता है
वो सारा सुनता हूँ।

107. आरुषि में आओ तो

मेरी दुनियाँ में जो आओ तुम
ज़रा अदब से आना
ये सारी शिकनें माथे से
झाड़ कर आना

मेरा अपना वज़ूद है
तरस उतारकर आना...
तुम्हें अपनी कमियाँ
थोपने की पुरानी आदत है
मैं अपने में मस्त हूँ
मुझे हरगिज़ न फुर्सत है
न मैं कल में अटका हूँ
न मैं कल में अटकूँगा
मैं एक लम्हें में रहता हूँ
मैं हरगिज़ न भटकूँगा...
तुम्हें मुझसे मिलना है तो
सारे चेहरे रख के आना तुम
ज़रा सी भीतर की रौशनी से
बस मुस्कुराना तुम....
ये बेचारगी हरगिज़
भीतर ना लाना तुम

अगर ना चाहते भी वो
साथ चली आये तुम्हारे
हम उतार के उसको
डस्टबिन में डाल देंगे।

108. नई दुनियाँ (आरुषि)

मेरा अपना आसमान है
मेरी अपनी ज़मीं है
मेरे ज़हन पे कोई भी
सरहद नहीं होती
लकीरें होती हैं
जब मुस्कुरा के होंठ खिंचते हैं

जब अंधे दोस्त की
छड़ी बनकर मैं चलता हूँ
वो मुझपे नाज़ करता है
मैं उसपे नाज़ करता हूँ

अलग रिश्ते हमारे हैं
अलग किस्से हमारे हैं
हमारे साथ बुद्ध बैठ के मस्ती मचाते हैं
तुम्हारे सामने वो ध्यान मुद्रा ही लगाते हैं
हमारे साथ मछली हवा में उड़ती जाती है
चील चुल्लू भर पानी में डुबकियां लगाती है
हमारे साथ सब उल्टा है
मगर लगता वो सीधा है
testbook में नहीं है पर
apple न्यूटन पे हमने फेंका है
अभी इतना ही जानो यार
नहीं तो घबरा जाओगे तुम
ज़रा आरुषि में आना
हँसना सीख जाओगे।

109. अंतिम कविता

थक गया हूँ मैं
लिखते हुए कवितायें
अब चाहता हूँ
कविता लिखे मुझे

और मैं बन जाऊँ
ख़ुद की
अंतिम कविता...

लेखक के बारे में

अनिल जीनगर, पेशे से टेक्सटाइल इंजीनियर, जिन्होंने M.Tech तक की तालीम हासिल की। पाँच साल की नौकरी की एक सलीकेदार दुनिया में, जहाँ सब कुछ तयशुदा था-वक़्त, तनख़्वाह, मंज़िलें। लेकिन कुछ लोग होते हैं जिनकी रूह को बंद कमरे रास नहीं आते, जिन्हें तय मंज़िलें नहीं, खो जाने वाले रास्ते खींचते हैं।

कोटा की मिट्टी में पले-बढ़े अनिल ने एक रोज़ खुद से कहा-अब ज़िंदगी को वैसे जिया जाएगा जैसे दिल चाहे। और फिर शुरू हुआ एक ख़ामोश सफ़र-लिख तो वो 15 साल की उम्र से रहे थे, लेकिन इस बार बात कुछ और थी, कलम हाथ में आई, काग़ज़ सामने बिछा, और लफ़्ज़ों में जज़्बात बहने लगे। वो गीत लिखने लगे, जो सरहदें लांघ गए। उनकी नज़्में उन दिलों तक पहुँचीं, जो कभी मिले नहीं, मगर महसूस करने का सलीका रखते थे।

अनिल एक शायर हैं, एक गीतकार, एक कवि, मगर उससे पहले वो एक मुसाफ़िर हैं। हर नज़्म उनकी खुद से की गई बातचीत है। कभी सुकून देती है, कभी सवाल छोड़ जाती है। कभी लगता है वो खुद को तलाश रहे हैं, और कभी लगता है, धीरे-धीरे खुद से अलविदा कह रहे हैं।

सिफ़रनामा सिर्फ़ एक किताब नहीं, ये एक रूह की आवाज़ है। इसमें दर्ज हर लफ़्ज़, हर नज़्म, एक दरवाज़ा है-जो कभी बाहर खोलता है, कभी भीतर। और जब आप इसे पढ़ते हैं, तो कहीं न कहीं आपको भी महसूस होता है कि ये तहरीरें आपकी अपनी भी हैं।

क्योंकि कभी-कभी, जब हम अपने ही सवालों में उलझे होते हैं, तो जवाब बनकर... एक नज़्म सुनाई देती है।

आप इन्हें लिख सकते है aniljeengar@gmail.com पर

और इनके गीत सुन सकते हैं https://youtube.com/@aniljeengar पर जाकर